第六感觉

北美行医札记

Sixth Sense

[加拿大]
清衣江 著

新星出版社 NEW STAR PRESS

图书在版编目（CIP）数据

第六感觉：北美行医札记 /（加）清衣江著．— 北京：新星出版社，2017.9

ISBN 978-7-5133-2831-9

Ⅰ.①第… Ⅱ.①清… Ⅲ.①随笔－作品集－加拿大－现代 Ⅳ.①I711.65

中国版本图书馆 CIP 数据核字（2017）第 213777 号

第六感觉：北美行医札记

（加拿大）清衣江 著

责任编辑：高晓岩
责任印制：李珊珊
装帧设计：冷暖儿

出版发行：新星出版社
出 版 人：谢　刚
社　　址：北京市西城区车公庄大街丙3号楼　　100044
网　　址：www.newstarpress.com
电　　话：010-88310888
传　　真：010-65270449
法律顾问：北京市大成律师事务所

读者服务：010-88310811　　service@newstarpress.com
邮购地址：北京市西城区车公庄大街丙 3 号楼　　100044

印　　刷：三河市兴达印务有限公司
开　　本：787mm × 1092mm　　1/32
印　　张：8
字　　数：100千字
版　　次：2017年9月第一版　　2017年9月第一次印刷
书　　号：ISBN 978-7-5133-2831-9
定　　价：42.00元

前　言

清衣江

本书记录了给我留下深刻印象的几十个病例。

这些病例，与其说是医学的具体技术描写，不如说是关于医学伦理、医生思维方式的思考。行医多年，值得一提的，也就这几十个病例。回头看这些病例，突然意识到，如果我不喜欢问个为什么，也许几个病例也写不出来，也许不少病例，就是另一种结局，而我对此毫无知觉。

当年大学毕业后，在国内当了近两年外科医生。干了一两个月后，我开玩笑说：当医生很简单，复写十几张处方，病人来了，肺炎就给一张抗菌素，关节痛就给一张止痛药，阑尾炎自然就是开刀了。

医生行医，大部分时候按部就班。但是，不要以为任何病人都可以套进现成的框子，要保持一颗怀疑的心：当临床结果与常规不符合时，不能以常规套结果，不能对与常规不符合的症状体征视而不见，而要根据症状体征分析是否有其他可能。

时常在网络上看到所谓名医的介绍和自我介绍，“善于治疗疑难怪症”，让我喷饭。不懂的东西才神秘。医学实际上是很简单的，虽然美国人、加拿大人崇拜医生，以为他们装了一肚子高深的知识。现代医学没有疑难怪症，不少疾病找不到病因，还有不少疾病无法确诊。然而，以今天的医学知识和技术，能诊断的，就能诊断；不能诊断的，谁也诊断不了。不能诊断就无法治疗，很多疾病以综合征命名，就是因为找不到病因。那种灵机一动就诊断出“疑难怪症”，就能妙手回春，就超越其他医生的医生，只存在于牛皮之中。

这并不是说，医生没有良庸之分。

一个良医，首先得有人道情怀。如希波克拉底说：“有时候治愈，经常解除痛苦，总是给予安慰。”

其次得有学识技术。

第三更要思考。医生自然要照教科书和指南行医，但经常要问一问：教科书和指南的根据是什么？其适用的范围是否适合所治疗的病人？今天的临床实践，是根据证据行医（Evidence Based Medicine），医生得经常问问自己：所用的诊断技术、药物及其他治疗方法，有没有根据？有没有临床随机双盲试验证据？虽然不可能总是有证据，但是要有这个概念。医生的基本功首先是收集信息，问病史、查体，根据病史体检提供的线索，作化验及图像检查，然后是分析判断推理。这些说起来容易，但往往被忽略。医生应该总是问自己一个为什么，不要以为什么都是理所当然。

医生还要知道自己的局限，不要不懂装懂，更不要不懂自以为懂。医生还应该知道今天医学的局限，在单克隆、基因、DNA 的时代，不少疾病包括简单的疾病，仍然无法治疗。

中国医患关系紧张的原因很多，不可能照搬国外方法来解决。国外也强调搞好医患关系。良好的医患关系，是避免吃医疗官司的最好方法。我处理医患关系的方法如下：

尽力治疗，关心病人。你尽了力，大部分病人及家属是知道的，即使是凭直觉。即使你没有一天到晚做出一副悲天悯人的模样。

有效交流。用病人能理解的语言，解释病人的疾病诊断、治疗、预后、各种可能性。有时候我还告诉他们有关的研究和统计数据，虽然他们不完全懂，但是给他们留下了很深的印象。

开诚布公，同时注意用词。最好说病人存活的可能性很小，而不要说病人马上就要死掉。此外，不知道的，就说不知道。不要搪塞，不要居高临下。

人情味。有时候开一句玩笑，气氛马上就变得融洽起来。

避免直接冲突。遇到纠缠不清的病人或家属，找个借口躲开。遇到大吵大闹的病人或家属，不要搭理，不要对吵。

及时记录。特别是有可能引起冲突或者有可能吃官司的病例。

希望这些病例对医生同行，对病人，对正常人，都能有所帮助。

2017 年 6 月于加拿大

目 录

脑外伤出血

当医学生时，曾经在中国一个县医院实习外科。

顶头上司李医生，北方人，个子不高，肚子滚圆。那个年代，只有书记、主任、刀儿匠、医生肚子上有点板油。李医生总是不紧不慢，说话时面无表情，头往后仰，眼皮下垂，只见眼白。

一天值班。送来一个病人，三十岁左右，从建筑工地二楼摔下来，昏迷不醒，头部血肉模糊。第一次遇到这种病人，我有点紧张。用生理盐水把他的头部洗干净，以酒精消毒，然后用纱布从头顶绕过下巴，把出血的伤口包扎起来。

正在包扎，李医生来了。等我包扎完，他简单问了下病情，检查了一下病人，对病人的妻子说：“你的男人是颅内出血，必须马上做开颅手术。不做手术，他肯定会死；做手术，也可能死。如果你同意，马上签字。”

病人的妻子身材高挑，一身制服，一看就是处级一类干部，听李医生这么一说，她脸色苍白，半天说不出话。

李医生回到办公室，说我的包扎方法是错误的，是从电影上学的。他说：把纱布从下巴绕过，病人一张嘴，纱布马上就松了。随后他笑着说，老子把他的婆娘吓得半死。

国内医生有夸大病情的习惯，滥发病危通知书是表现之一，夸大病情是为了自我保护。国外的医生也有自我保护，只不过方法不同而已。

我认为那个病人活下来的机会很小，倒也不觉得李医生夸大了病情。

病人下午两三点钟入院，七点左右头部 X 光片才出来。李医生把片子在读片荧光屏上读，对着电灯泡读，眼睛凑上去读，始终不紧不慢。最后他指着光片说：“硬膜下出血，就在这里。我们今晚做手术。”

晚上十一点钟开始手术。李医生主刀，我和另一个同学当助手。

在颅骨上钻一个洞，然后锯开一块颅骨。找到出血的地方，吸去血块，开始止血。小一点的出血点用电烙止血，大一点的用银夹止血，不能用丝线结扎。止血很不顺利，一个出血点止住，另一个又冒出来。不能止血，病人就会死在手术台上。这是外科医生的忌讳。李医生不停地骂娘。到了早晨五六点钟，我已经昏昏欲睡，只是机械性地拉住拉钩，不知道他在骂什么、做什么。七点钟，听到李医生说："好了，终于完了。"

术后四五天，病人清醒过来。一个半星期后，开始和护士调情。

一个朋友的母亲，现在九十岁左右。多年前患脑胶质瘤，在学校附属医院做了切除手术。在国外看医生，问起过去史，得知当年她的医生就是问问病史，查查体，做个 X 光，就把脑袋打开，做了脑肿瘤切除手术。这让医生感到惊讶。

当年一些老医生、老教授（当时也就四十多岁，还没有教授头衔），特别是脑外科、胸外科医生，在病人眼中，在我们这些学生眼中，都是传奇人物。不仅因为他们似乎有高超的手术技巧，一刀下去，能起死回生，更因为他们的诊断本事，问一问，敲一敲，听一听，看看 X 光片，就自信地告诉学生：这个病人有风心病、二尖瓣狭窄，那个病人有脑胶质瘤，位于左侧中央后回……

问病史、查体，是医生的基本功。中国、美国、加拿大的医学生，对于问病史查体，都有详细严格的要求。美国内科学会（American Board of Internal Medicine, ABIM）的考试没有查体，而加拿大皇家内科外科学会（Royal College of Physicians and Surgeons of Canada, RCPSC）的口试就有不厌其烦的查体。但没有任何医生在行医时，会按照学校所教、考试所考的那样查体。重要原因之一，是没有时间，而且没有必要。查体的准确性有多高也是问题。神经系统查体的准确性比较高，心血管就低得多。

我曾比较过医生听诊与心脏超声波的结果。医生听诊的准确率不会超过 40%。把我自己的听诊与心脏超声波结果也比了一下。算了，不说了。

今天的医生，没有谁查查体、看看 X 光片，就敢把脑袋锯开，把胸腔打开。但在 CT、核磁共振（MRI）、正电子发射断层扫描（PET）、DNA 等流行的今天，问病史、查体是不是就过时了？

有一天查房，护士说一个病人抱怨头痛。这个病人入院前在家里摔倒，入院时作了脑部 CT，结果正常。我问学生怎么办？学生说再做一个头部 CT，排除脑外伤。我问：首先，病人在医院发生脑外伤的可能性有多大？病人、或者家属、或者护士有没有向你报告，病人曾经在医院摔倒过？你是不是检查过病人，有没有局部运动、感觉异常？有没有局部疼痛、血瘀？如果这些都没有，你想通过 CT 发现什么损伤？

仅仅靠病史、查体来诊断自然不可行，但病史、查体仍然是最基础的无法绕过的手段，至少百分之六七十的信息可以通过它获得。没有病史、查体奠定基础、发现线索，一来就上一大堆昂贵的检查，只是浪费钱财，让病人吃射线，而医生仍可能糊里糊涂。唯一的优点是，医生可以节省几分钟时间。

肺动脉栓塞与脑出血

一天，急诊室医生要我收一个肺动脉栓塞（Pulmonary Embolism, PE）病人。

病人四十岁左右，几个月前遭人毒打，脑蛛网膜下腔出血。收到附近一所大医院神经外科，两三个星期后出院。病人几天前开始呼吸困难，今天来到急诊室，CT 发现肺动脉栓塞，急诊室医生已给了病人抗凝药物依诺肝素 (Lovenox) 和华发素 (Warfarin)。

肺动脉栓塞是血液凝块堵塞肺动脉或肺动脉分支的结果，后者更普遍。血液凝块或者在原地形成，或者来自下肢静脉，偶尔来自上肢静脉。严重的肺动脉栓塞可以致命。现在 CT 应用普遍，许多偶尔发现的小动脉栓塞，对病人有什么不良后果，治疗它有什么好处，都很难说。 治疗主要是用抗血液凝结药物华发素。服用华发素最初几天，血液凝固性反而增高，要靠依诺肝素或肝素过渡。现在出了几种新抗凝药物，就没有这些麻烦。抗凝药物并不能使血栓溶解，只是让血栓不扩大。机体可能产生纤溶酶（plasmin），溶解血栓。

急诊室医生把事情都给我干完了，我去看看病人，写个病历就可以交差。问了病史，查完体，开始读CT报告。除了栓塞外，CT还发现肝脏有几个小囊肿。

我想起病人几个月前的事。头部外伤，一般引起硬膜外或硬膜下出血。蛛网膜下腔出血，往往是小动脉瘤破裂所致。这个病人有没有脑动脉瘤？

我准备做一个脑部核磁共振血管造影（MRA）。又感到有点反应过度，肝囊肿和血管瘤是两回事。心想，还是听听专家意见。于是写了一个会诊单，找神经科医生史蒂文会诊，询问是否需要做MRA。

收完病人，开车回家。第二天上班，护士告诉我，那个病人昨晚已转走。十点钟左右，碰到史蒂文医生，他看起来有点激动，他说，昨天晚上做了一个头部CT，发现几个部位出血，赶快和病人以前的神经外科医生联系，把病人送回那所大医院。

我问他为什么没有做MRA而是做了CT？他说他也觉得没有必要作MRA，但不知道为什么，就做了CT。

“颅内出血，又在用抗凝药物，这个病人差点就完了。”说话时史蒂文医生看我的表情，好像是在说：“看看，我保护了你的屁眼。” 病人不用抗凝药物，肺动脉栓塞扩展可能导致死亡；用抗凝药物，可能引起颅内大出血而死。这样的病人，神经外科大概不肯作手术。手术是否有效，也是个问题。如果是血管瘤破裂，导致蛛网膜下腔出血，介入性放射科医生可以堵塞血管瘤而止血。

这个病人的肺动脉栓塞和颅内出血不算太严重，很可能会活下来。

我和史蒂文医生鬼使神差地产生了一个念头，不知道是否救了这个病人一命？但很可能避免了我和急诊室医生的一场官司。

两难选择

有时候病人只有两个选择：1. 治疗，后果可能良好，但风险大；2. 不治疗，避免了治疗带来的风险，但疾病本身发展可以带来严重后果。医生应该选哪一个，或者什么都不选，让病人 / 家属决定。

一

下午两点，急诊室医生苏珊传呼，要我收一个缺血性中风（Ischemic Stroke）病人。

苏珊介绍说，病人七十岁，女性，早晨十点以前完全正常，十点钟从沙发上站起，突然摔倒。在急诊室检查，神志迷糊，失语，左嘴角下垂，左侧肢体肌肉力量 0/5，头部 CT 没有发现异常。

大部分中风（Stroke）是缺血性中风，是血栓（原地形成）或栓塞（从心脏或颈动脉脱落流向下游）堵塞颅内动脉，导致脑细胞缺血坏死。针对性的治疗，是静脉注射溶解血栓的药物阿替普酶 (Alteplase)，使血栓溶解，赶在脑细胞死亡前，重新开通血流。阿替普酶必须在中风发作四个半小时内使用。除了溶栓药，其他都是支持性治疗。

头部 CT 正常，表示没有发生颅内出血，但不能排除缺血性中风。需要 24 至 48 小时后重复 CT，以确诊或排除。

现在，治疗这个病人的关键是时间。我必须弄清楚，病人中风发作是否真的在四个半小时内。我只有半个小时的时间。

简单检查了一下病人，和苏珊所说一样。病人自己不能说话，她的当时在场的男朋友提供了病史。老头有老年痴呆，说话不连贯，我只好不停地打断他，把他拉回主题。可以肯定的是，病人十点钟站起来摔倒。但十点以前究竟正常不正常，他说不清楚。

我估计，十点钟以前，病人坐在沙发上时，中风已发作了，但是不会太久。虽然如此，已经超过了四个半小时的限制。

我认为，即使超过了一点，还是应该给病人溶栓药。只有瓜娃子才那么机械，四小时三十分可以给药，四小时四十五分就不能给药。但是，给了药，病人若发生大出血，我就会有麻烦。

病人的几个女儿都在场。我给她们解释了诊断的结果，以及溶栓药的利弊，特别是有发生大出血死亡的可能。此外，强调时间的不确定，使我难以决定是否注射溶栓药。但我认为应该用药，因为即使有时间误差，误差也就是三十至五十分钟。

其中一个女儿是护士，首先表示同意。其他几个也跟着表示同意。

给药以后，病人当晚开始恢复神志，说话恢复正常。瘫痪的左侧肢体，第二天恢复正常。四十八小时后重复 CT，没有发现脑梗塞。

二

晚上十点，急诊室医生约翰呼叫，说有个心肌梗塞病人，是 ST 段上抬性心肌梗塞（ST Elevation Myocardial Infarction, STEMI）。

我问他，给了病人替奈普酶（Tenecteplase）没有？

他犹豫一下，说：这个病人两个星期前做了手术。

约翰往往在把病人给我以前，该做的检查都做了，改用的药都上了。今天不给药，一定有他的顾虑。

赶到急诊室。病人是个六十多岁的女性，直肠癌肝脏转移，四个月前做了直肠癌切除术，两个星期前做了肝脏右叶切除术。那天下午，严重心绞痛发作，但她拖了几个小时才叫救护车。

病人躺在担架上，闭着眼睛，表情疲倦而痛苦。我看看心电图，典型的严重心肌梗塞，STEMI：电极 II、III、 aVF, V 4、 V 5、V−6 ST 段上抬 3 至 4 mm。三支大冠状动脉，至少有两支堵塞……就在我的面前，她的心肌正在大面积死亡。

STEMI，是血栓堵塞冠状动脉，导致心肌缺血坏死。最好的治疗，是马上（九十分钟内）做冠脉造影——发现堵塞，安放支架。在心肌死亡前，使血流再通。

可惜，我在的地方，无法及时做冠脉造影，放支架。溶栓药是唯一的选择。

溶栓药溶解血栓，会引起大出血，因而禁忌症很多：例如内脏出血，两个月内做过颅内手术或脊柱手术，脑肿瘤等。并非所有的心血管医生都同意这些禁忌症。三周内做过大手术，是相对禁忌症。相对禁忌症不是说这个药物不能用，但医生要慎重考虑利弊。很多时候，相对禁忌症成了绝对禁忌症，就像副总经理成了总经理一样。

病人两星期前做了肝脏大手术。在我看来，大出血的可能性比脊柱手术、脑肿瘤高。

如果我不给她溶栓药，她很可能就死在我面前。或者大面积心肌梗塞，然后是心衰，短期内死亡。如果我给她溶栓药，她可能大出血，也可能不大出血。一旦大出血，又会面临其他困难的选择，病人很可能因出血而死亡。

我感到，给溶栓药，病人存活机会大得多，但我自己的风险也更大，吃官司的可能性更大；如果我选择不给溶栓药，我不会吃官司，没有人会责备我，除了我自己。

我试着给病人和她的几个姐妹解释给或者不给溶栓药的后果，让她们选择。她们都怔住了。不用，很可能死亡；用，也可能死亡。让她们怎么选择？她的姐妹说让病人自己决定，病人哭着说："我不知道。"

我看着病人：刚刚做了两个大手术，又来了大面积心肌梗塞。被心绞痛折磨得神志不清，还马上要做出选择。每个选择都生死难测。她能不哭吗？

我对她说：我认为应该使用溶栓药。

给药十分钟后，ST 段开始下降，表示血管开始疏通，胸痛也开始缓解。化验结果：病人有大面积心肌梗塞。病人一直没有出血失血的迹象。

几天后，病人做心导管造影，发现两条惹事的血管，左冠状动脉回旋支（Left Circumflex, LCX）和右冠状动脉（Right Coronary Artery, RCA）。LCX 狭窄 50%，RCA 没有发现异常，可能是血栓已经完全溶解。此外，左心室收缩功能正常。心血管医生的报告说：虽然病人两个星期前做了部分肝切除术，还是给予了溶栓药——尽管如此，病人恢复得非常好。

一个多星期后，病人出院。一个月后病人回访，看起来和正常人差不多。我庆幸自己运气好。不管我做什么或不做什么，她都可能是另一种结局。

两个月后，给病人做直肠癌切除术的外科医生碰到我，问我一个小问题，与溶栓药有关。分手时她说：“我们都听说了。”

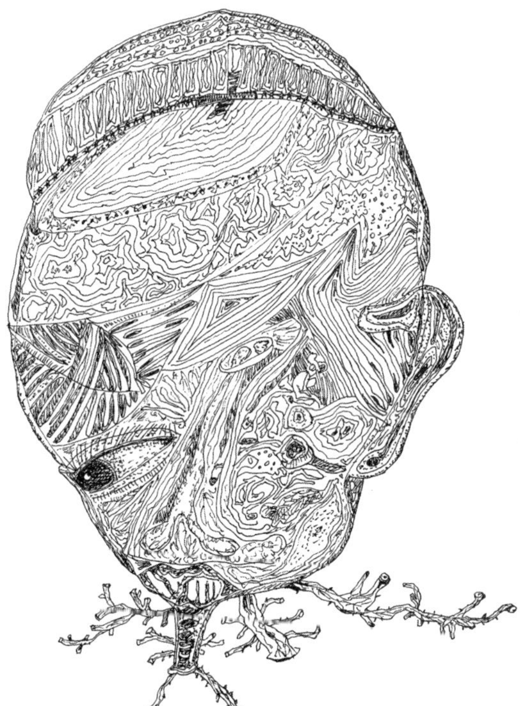2017.01

风心病人死亡

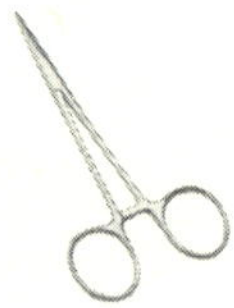

早春二月，在中国一个县医院实习内科，第一次遇到自己治疗的病人死亡。

病人是一个二十多岁的农妇，患风心病，二尖瓣狭窄，心力衰竭。宽宽的脸颊，带有二尖瓣狭窄病人特有的红晕。刚入院时，人虽然虚弱，还有精神说话。每天查房时，对着我们笑笑。她丈夫总是坐在病床边的矮板凳上，不太说话。被他老婆支过来支过去，急了骂他几句。他脸红一红，也不还嘴。

二尖瓣狭窄，导致血液不能从左心房回到左心室，没有足够的血液射出左心室，机体没有足够的营养和氧气，四肢冰冷。血液滞留在左心房，久而久之，导致左心房扩大、肺部充血。右心室右心房胀大，血液滞留在静脉中，导致水肿、发绀。

治疗只能是手术，或者分开粘在一起的瓣膜，或者换人工瓣膜。如果心脏已经一塌糊涂，只有心脏移植。

手术对于这个病人，是不可能的事。

心衰的药物治疗只有洋地黄，加上支持性治疗，例如维持电解质水电平衡等等。现在也没有什么有效的药物。到了心衰晚期，可以用人工心脏维持，等待心脏移植。

病人入院后，病情一天天加重。我感到无能为力。学校附属医院心脏科的老师下来查房。我把她当救星，报告病例，失望和挫折感显而易见。等我说完，她一点两点三点，从病因、体检，到化验、X光，到治疗。有条不紊，清清楚楚。听完以后，我感觉好多了。老师走了以后，我照着指示，一条一条地做。病人没有一点改善。

病人一天比一天衰弱。到后来，说话有气无力。每天早晨查房，见到我，她就说："清医生，救救我！"她说这句话时，眼睛并没有看着我，没有看着任何地方。她与其说是在向我求救，不如说是在喃喃自语。声音衰弱、迷糊，没有一点希望，没有一丝悲伤。下意识中，她知道死亡越来越近。

声音如此微弱，查房的一组人中，大概只有我才知道她在说什么。

一天晚上九点左右，病人死亡。

运尸体的工人晚上不上班。这是一个大病房，有八张病床。病房里其他病人和家属大声吵闹，要我们马上把死者搬走。

停尸房是一座小房子，距离住院大楼二三百米。我和上司卢医生抬着尸体，向停尸房走去。外面只有几盏昏黄的路灯，晚风刮来，全身起鸡皮疙瘩。停尸房没有电，不知道架子上有没有尸体。黑暗中在一个又一个架子上摸，终于摸到一个空架子，把这具尸体放上去。

也许是第一次见到我自己的病人死亡。也许是眼睁睁看着一个年轻美丽的生命，在我面前枯萎、消失，我总是忘不了这个病人，忘不了她临终前几天求救的声音。我一直对心血管疾病感兴趣，这也许是原因之一吧。

周期性呕吐

一天下午，正在收病人。急诊室医生道格过来说：抱歉，又来了一个病人。

他好像很熟悉这个病人，说道：病人男性，三十多岁，每隔六七个月就来一次急诊室。每次来，都是因为剧烈呕吐。病人没有其他疾病。

半个小时后，我去看那个病人。他正在呕吐，表情痛苦而烦躁。问了他几句话，回答很不耐烦，敌意明显。我意识到他一方面是吐得厉害，一方面是不信任医生。根据他以往的经历，医生不能解决他的痛苦。

看他除了呕吐以外，还算稳定。简单问了几句，然后去查他以往住院的情况。

病人两三年来，住院四五次，每次入院和出院的诊断都是：剧烈呕吐，病因不明。每次入院后，都做胸腹部 CT、胃镜肠镜，都没有发现异常。

如果我按部就班，重复同样的过程，没有什么错。但是，明知以前的检查处理不解决问题，对病人没有帮助，为什么还要重复？每次都告诉他：抱歉，我们查不出原因。

病人已经做了多次 CT 和肠镜胃镜，我不用担心癌症等恶性疾病。病人的病史有如此固定的模式，我不能忽略这个模式，不去追踪这个模式，而下大包围。

到网络临床教科书 Uptodate.com 搜索呕吐。扫一扫列出的标题，有一个叫周期性呕吐综合征（Cyclic Vomiting Syndrome, CVS)，好像是我要找的内容。

周期性呕吐综合征的临床表现是：1. 固定模式的呕吐发作。周期性急性发病，症状持续几小时到几天。2. 发作间歇期间无症状。

其他支持证据包括偏头痛病史或家族史，发作往往自我终止，发作时伴随恶心、腹痛、头痛、眩晕、怕光、嗜睡等等。

不同病人临床表现不同，但同一个病人往往有相同的模式。

发病机理不清楚，可能与偏头痛（Migraine) 类似。

偏头痛的主要症状就是周期性头痛，可能还有其他机制。

急性期治疗是控制呕吐，必要时静脉输液防止脱水。至于预防发作，临床试验还没有发现有效药物。可以试用治疗及预防偏头痛的药物，例如舒马曲坦（Sumatriptan）、阿米替林（Amitriptyline），还可以服用辅酶 Q10 等。

一边读一边对照这个病人的病史，觉得非常吻合。我不相信我的运气。又想到以前的几个医生，每次重复同样的检查，没有一点犹豫？没有感到有什么不妥？惯性？惰性？

偏头痛属于神经科疾病，机制类似的周期性呕吐综合征也应该是神经科疾病。为保险起见，我给神经科医生打了个电话。神经科医生大概也是第一次碰上这个疾病，电话里顿了一下，然后同意我的诊断，承诺第二天来会诊。

回头去找病人，告诉他诊断可能是什么，怎么治疗，怎么预防。他的表情缓和下来。把病人收入院，开始输液。第二天神经科医生来看他。

几天后病人出院，交给神经科医生随访。

安的故事

和安打了几年交道。

安七十多岁，患糖尿病、肺心病、冠心病/心肌梗塞、中风、乳腺癌、淋巴瘤，做了多次手术。左肺完全切除，右肺塌陷了三分之一。安还患有阵发性痉挛性肌肉麻痹。睡觉时，呼吸随时可能自发停止，因此，她做了气管切开术，到了晚上就连上人工呼吸机。此外，下肢瘫痪，只能坐在轮椅或床上。

对她来说，肺部一点轻微感染，就可能致命。我告诉安，只要有一点感染的迹象，例如发热发冷、咽喉疼痛、咳嗽咳痰、呼吸困难稍微加重，就赶快来医院。医生好马上用抗菌素，尽早控制肺炎，以免发展为不治之症。

安每年要住院三四次。因为晚上要上呼吸机，安每次入院都收入重危病房（ICU）。遇到我值班，就由我收她入院，负责她的治疗。我一般不喜欢高射炮打蚊子，对安是例外。每次她入院，总是用广谱、强效抗菌素，往往入院第二天，安就恢复正常，四到五天就出院。

虽然一身重病，随时都可能死亡，安看起来总是很平静。很少在她脸上见到一丝悲伤、压抑或惊慌。每天查房，她总是给我一个安静的笑容。她的笑和镇静，具有传染性，我也笑一笑。一笑之间，感到她的病情似乎很轻，容易对付。护士说她每次见到我，都很高兴。

ICU 的护士和她非常熟悉，不管年轻年老，都叫她“我的女孩”。几个老护士说，安就是她们家庭的一员。每天早晨，给她做完个人卫生，就把她的头发梳出发式，脸颊上抹一点脂粉，套一件嵌花边的粉红色睡衣，再和她开几句玩笑。安也跟着无声地笑。

安又一次住院。反倒和以往不一样，一入院就昏睡，抗菌素用了几天，也不见改善。我担心她过不了关。一个多星期以后，安逐渐恢复。十多天后出院。我写完出院志，和她说再见。她的神情不再淡定，脸色憔悴，笑容勉强，心灰意懒。我有种不祥的预感。

两个多月以后，安再次入院。入院后一直昏迷不醒。她的儿媳妇告诉我：安的女儿患有同样的疾病，一个月前去世。以后，安常说她活不过圣诞，不想活下去。

治疗了三四天，安的病情不断加重。她的儿子、儿媳妇来到医院，和我谈是否放弃治疗。她的儿子也患遗传性疾病，坐在轮椅上。她的儿媳妇是我的病人，除其他疾病外，还有抑郁症。在安的病床边，看着他们，想象他们的日子，我感到呼吸沉重。这是一个被命运诅咒的家庭，一代又一代笼罩在疾病、贫穷和死亡之中。

她的儿子告诉我：安一直说，如果几天内病情没有好转，就停止治疗。

我写下医嘱停止治疗。呼吸治疗师拔出气管插管，护士拔出静脉插管。两个护士眼睛红红。我在计算机上记下谈话经过。写完以后，忍不住加上一句："知道安已经有几年。她是一个坚强、充满爱心的女士。愿她在天堂安宁。"

安是不幸的，又是幸运的。她生活在一个富裕、充满人道情怀的国家，生活在充满人道情怀的人群之中。

“肺癌”

同事要去度假，转了几个病人给我。其中一个，要我特别注意。

布朗先生， 七十多岁，因为肺炎住院。胸片发现右侧中部阴影，CT 发现右上叶下部包块。用了抗菌素近一个星期，包块不见缩小。怀疑是癌症，已经和呼吸科医生及介入性放射科医生联系做活检。

看了一下胸片和 CT，一大包块，首先使人想到癌症。包块所在的位置，既可以由呼吸科医生做支气管镜活检，也可以由介入性放射科医生根据 CT 图像做针刺活检。

先到护士办公室翻了翻病人的病历。护士警告我：他的家属不好惹。

到病房，首先看到病人的妻子和女儿。女儿四十多岁，两人一看就是母女。虽然在病房里，都穿一件皮夹克，显得臃肿。宽脸，脸颊向里凹陷，嘴角下瘪。眼睛也往内凹陷，眼睛上似乎有一层雾，给她们蒙上一层凶狠的表情。

布朗先生看起来完全不同。中等个子，人不胖不瘦。脸上宽下窄，一圈整整齐齐的胡子围绕嘴巴，眼睛明亮而温顺，一看就是那种脾气好、没有心眼的人。难怪他的老婆女儿那么护着他。

简单问了一下。布朗先生入院以前，可以说非常健康。没有体重下降、咳嗽咳血、呼吸困难等症状。看起来也很正常，不像是肺部有一大块肿瘤的病人。这种一直健康的人，突然被告知有癌症，或可能有癌症，对他及他的家属都是晴天霹雳。

他的妻子和女儿一说话，就使我感到她们强压的愤怒。她们要求我马上安排做活检。并且暗示，不马上做活检，就要打官司。

这两个娘们确实惹不起。我从病房出来，赶快联系活检。先给呼吸医生打电话，他说三天之内做支气管镜活检。又给介入性放射科医生打电话，说至少要等一个星期。我认为放射科针刺活检，得到癌细胞的可能性更大。不过，先做了支气管镜检再说。

回过头去告诉她们，说最快也要等三天。她们表示理解，怒气好像小了一点。

下午有点空，再来思考这个病人。胸片和CT看起来像是晚期癌症，而病史和查体没有一点癌症，特别是晚期癌症的迹象。我把胸片和CT从上到下、从下到上看了两三遍，看不出究竟是肺炎还是癌症。打电话问放射科医生鲍勃：能不能肯定是癌症，不是肺炎？鲍勃说他不能肯定。

我再到病房，对布朗先生和他的妻子女儿说：胸片和CT这么大一个包块，任何一个医生看见，首先要排除肺癌。特别是用了抗菌素一个星期，包块一点没有减小。但是，这么大一个肺癌，布朗先生没有一点迹象，也很少见。如果不是肺癌，又是什么？肺炎？抗菌素用了一个星期，肺炎没有一点改变，可能性也非常小。我特别问了放射科医生，他不能肯定是肿瘤还是肺炎。综合起来，我认为肺炎的可能性更大。

我建议，再用一个星期抗菌素，然后复查CT。如果包块仍然没有缩小，再做活检。即使是肺癌，晚一个星期活检、治疗，不会影响预后。

母女俩听完，绷紧的脸突然放松。几天来，都想着是肺癌、癌症。突然，他们被告知，可能不是肺癌，更像是肺炎。布朗先生似乎死里逃生。

她们完全同意我的意见。整个谈话过程中，布朗先生一直在旁边微笑、点头，一言不发，好像与他无关。

一个星期以后，包块完全消失。病人出院。

一天到购物中心买东西，突然听到后面有人叫："清医生！"回头一看，母女俩正对着我笑。寒暄几句后，她们一左一右，和我肩并肩步入沃尔玛。

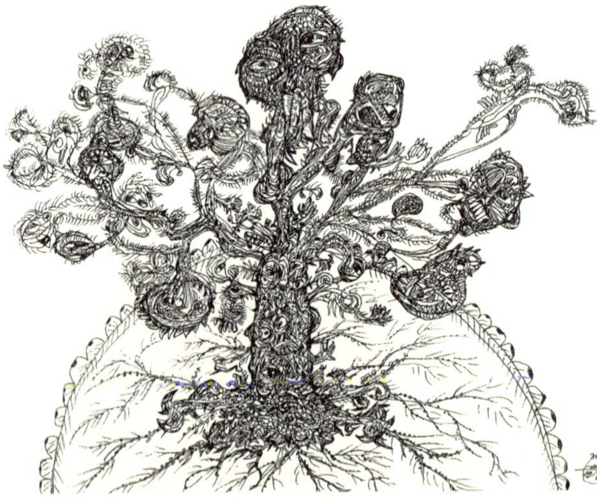

痛风及秋水仙碱

在中国一家县医院实习内科时，卢医生是我的指导。

她是我老乡，一张箦箕脸苍白，似乎有点水肿。她也是七七级，进了另一所医学院，只读四年。班上几个女生，恭恭敬敬叫她卢老师。她常常背起手，鼓起眼睛，脸蛋儿神圣严肃，还真有点老师的模样。卢医生的知识技能也不差。一类专，三类红，不专不红学医农。只要能翻起白眼儿死记硬背，就能学医。

卢医生带实习，对我的好处是自由，不用担心说错话、做错事。来了病人，放心大胆照着教科书，一条条下医嘱。怀疑脑膜炎就做腰穿，穿了两次也不成功。听到她在旁边说：有的人还说他讲科学。

一天，收了个病人。左脚大拇趾关节红肿热痛。

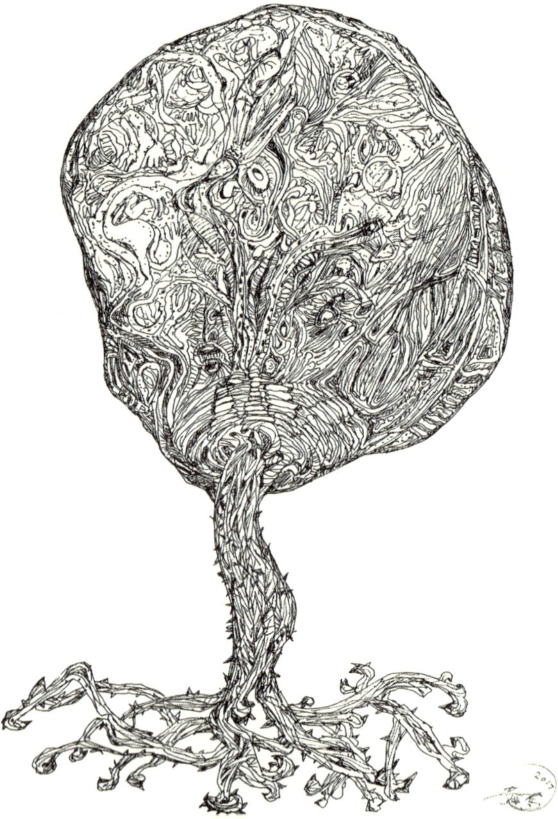

轻轻摸一下，病人就叫痛。我说是感染性关节炎，要用抗菌素。卢医生查了教科书，说是典型的痛风。和她争了一阵，主要是自己想不过，居然把痛风忽略了。按照教科书，诊断痛风简单有效的方法，就是使用药物秋水仙碱（Colchicine）。如果病情迅速缓解，则可以确诊。

上了秋水仙碱，第二天病人大拇趾关节几乎完全恢复正常，疼痛基本消失。卢医生很高兴，但是内科陈主任不高兴，他认为我们太冒失，给病人上秋水仙碱如此轻率。陈主任老实，气得嘴巴一瘪一瘪，也没有说几句重话。

这个病例使我记住了秋水仙碱：1. 治疗痛风有特效；2. 毒副作用很大。

中文带碱字结尾的药物，往往是抗癌药物，毒副作用很强，例如长春新碱、喜树碱和三尖杉碱等等。

治疗痛风发作，不外乎抗炎药、秋水仙碱、皮质激素。预防痛风发作，则使用药物减少尿酸的产生（Allopurinol），或者增加尿酸从尿中排出（Probenecid）。经常使用，意识到秋水仙碱毒副作用并不大，主要是呕吐、腹泻、腹痛，导致骨髓抑制的几率低于 1%，与其他抗癌药物不是一回事。

秋水仙碱在美国已经用了二百多年。这类老爷子药物，不需要食品和药物管理局（FDA）批准。

1987 年，澳大利亚发表了秋水仙碱的第一个随机对照试验（Randomized Controlled Trial）结果，证实了秋水仙碱对痛风有效。

二十多年后，URL 制药公司赞助了类似试验。只是参与试验的病人更多，多个医学中心参与，用了高剂量（六小时给药 4.8 mg) 和低剂量 (一小时给药 1.8 mg)。结果证明低剂量和高剂量一样有效，胃肠道不良反应几率更小。

由于这个研究，FDA 批准 URL 制药公司制造的秋水仙碱（商品名 Colcrys）用于痛风治疗，受到专利保护，独享市场三年。还批准用于治疗家族性地中海热市场保护七年。URL 制药公司随即把其他公司制造的秋水仙碱赶出市场，把价钱从几分一片（0.6mg/ 片）提高到五美元一片。

拒绝冠脉搭桥

一

斯科特先生，四十多岁，看起来像是电影《玫瑰的名字》中那个解剖尸体的修道士：头发和胡子乱七八糟。松泡泡的脸，和放了半个月的全麦面包差不多。一笑就露出一口不整齐的牙齿。

斯科特心肌梗塞住院。心肌梗塞最好是马上（九十分钟内）做冠脉造影，发现堵塞，安装支架。不过，纽约许多社区医院以及加拿大许多小医院都没有这个条件。只能先用药物治疗，然后送到附近大医院做上述检查治疗。

斯科特入院几天后，送到附近教学医院做冠脉造影。造影发现，三支冠状动脉（右冠状动脉、左前降支、左旋支）都严重堵塞，治疗只能是冠状动脉搭桥术。

斯科特被送回来，等待心血管内科外科医生讨论是否手术，以及什么时候手术。

等了几天，收到心血管医生的决定，建议药物治疗。斯科特不适合手术，因为他不遵医嘱，而且吸大麻。

我感到意外。斯科特入院以后，虽然上了所有该上的药物，心绞痛仍然频繁发作。他的冠脉狭窄广泛而严重，药物治疗没有多大用，只有手术才能救他一命。

二

在我看来，不做手术的理由，实在算不上理由。

斯科特以前是否遵医嘱不知道。但是，以后他不可能不服药，除非他想找死。他想找死，就不会来医院。

大麻对于心脏究竟有多大不良影响，并不清楚。我常常感到糊涂，大麻究竟算不算毒品？

2011 年，加拿大卫生部批准大麻医用，限于生命末期护理，以及严重疾病引起的严重疼痛或肌肉痉挛。

到 2013 年，美国有十九个州和华盛顿特区，宣布医用大麻合法化；有两个州，个人娱乐性大麻合法化。联邦宣布不再与州对着干。

大麻被禁了近百年，吵了近百年，危害究竟有多大， 至今没有多少证据。

1945 年，纽约市市长拉瓜地亚指定一个委员会研究大麻的作用。委员会报告：“从医学专业的角度出发，吸大麻并不引起成瘾。” 大麻“不是重大犯罪的决定因素”。 1970 年，尼克松指定成立国家大麻和毒品滥用委员会（The National Commission on Marijuana and Drug Abuse），研究大麻的医学作用，以及与犯罪的关系。前宾州州长显富尔（Raymond P. Shafer）领头，称之为显富尔委员会。1972 年，显富尔委员会建议大麻合法化，被尼克松政府拒绝。

只有很少几个实验，研究大麻提取成分或人工合成成分。大部分研究，只有 20 至 60 多个病人，最多的是 177 个。 研究时间 2 至 3 周，最长 5 周。这些实验结果表明，大麻的若干成分对于肌纤维疼痛、多发性硬化症和慢性神经痛，有止痛效果。对于吗啡类效果不好的癌症疼痛，也可以镇痛。不良反应包括嗜睡、疲倦、口干、眩晕等，一般都可以耐受。

对斯科特而言，更重要的是大麻对于心脏，特别是冠心病有什么严重后果。理论上说，大麻可以使心跳加快，血压升高或降低，增加心脏工作负荷，诱发心肌梗塞。

这方面的报道太少。2001 年一项研究调查发现，吸用大麻 60 分钟内，心肌梗塞的危险性增加 4.8 倍，此后危险性迅速降低。这只是一个流行病学调查，样本太小。吸大麻的心肌梗塞病人有 124 人，其中只有 9 人在心肌梗塞发作前一小时内吸用大麻。

斯科特吸大麻，有可能诱发心肌梗塞。但不吸大麻，严重的疼痛更可能诱发心肌梗塞。做了搭桥术，大麻诱发心肌梗塞的可能性将远远低于手术前。

三

心血管医生说了不做手术，我也没办法。此外，斯科特大面积心肌梗塞、死掉，家属要打官司，也不会找到我头上。我只能开几个药：美托洛尔、雷米普利、波立维、阿司匹林、立普妥和硝酸甘油，让斯科特出院。

一听我说不能手术，斯科特马上脸色苍白。他同样清楚不做手术的后果。我叹口气，要他两个星期后回访，希望药物能有所帮助。

再次见到斯科特，发现他瘦了一大圈。他说出院以后，每天都要发几次心绞痛，说不定哪天心肌梗塞，他就死掉了。说话时，他眼中的恐惧清晰可见，看起来和死人差不多。我问他是不是按时服药，他说是。又问他是不是还在吸大麻，他说是。因为他关节痛，只有大麻能止痛。问他在哪里弄的大麻，他说在街上买的。

我告诉斯科特，我要和心血管医生谈一谈。他有什么情况就给我打电话。

斯科特走了以后，我打电话过去，找值班的心血管医生。斯通医生值班。我以前在这老头子手下干过一个月，知道他脾气暴躁。小心翼翼刚说了两句，他就说："我得走了，给我送信过来。"写信更好，口说无凭。我录了一封信，要秘书马上打印出来，传真过去。信中说：

1. 现在病人按时服药，遵守医嘱。

2. 病人吸大麻是为了镇痛。他不是瘾君子。

3. 不做手术，病人很可能短期内心肌梗塞、死亡；做手术，虽然有危险，但病人存活机会大得多。

4. 也许还有其他不做手术的原因，我不知道。手术与否，还得他们根据自己的专业知识和经验来决定。

一两天后收到传真，他们决定给斯科特做搭桥手术。

又过了一个多月，家庭医生送来一封信，说斯科特一个月前做了搭桥术，问我能不能随访。

早晨到办公室门口，看见一个人坐在那里，脸白胖白胖，胡子刮得干干净净， 一下子没有认出是谁。这人对我笑得非常开心、亲热和熟悉，再一看，原来是斯科特。

手术后，斯科特再也没有心绞痛。聊了几分钟，把他送走。秘书告诉我，斯科特早晨登记时第一句话，就是说清医生救了他一命。

救他生命的是心血管外科医生，不是我。虽然如此，一整天我都很高兴。同时又想，我是不是为他争得太晚了一点？万一他在手术前就死掉呢？我算不算尽够了我的责任？我配不配他的信任、他的感激？

存活率百分之五

到化疗门诊查一个病人，看见一个重危病房的老护士也在那里打针发药。

我问：“你怎么到这里来了？”

答：“这里轻松。我在 ICU 干够了。”

“你在 ICU 干了多少年？”

“二十多年。”

我说：“你这样的人到化疗门诊干，对你、对你的经验、对医院、对病人，都是巨大的浪费。回去吧，这里太无聊。”

说完就忘了。一个多月后，在 ICU 碰到她，问她怎么回来了。她说因为听了我的话。

ICU 护士一人管一个病人，一天八至十二小时都和病人泡在一起。病人有什么微小的变化，她们都能看出来。有时候，她们告诉我某个病人活不过今晚，我不相信：生命体征接近正常，肺上没有多少啰音，化验也还过得去，胸透没有严重的肺水肿。她们怎么那么肯定，病人活不过今晚？第二天查房，发现病人已经去世。

见多了死亡，她们说能够闻到病人死亡的气息。也许因为是我的病人，我不愿意承认失败。虽然相信她们的能力、直觉，如果我认为病人还有希望，我总是不愿意放弃治疗。

一晚，住院医生（Hospitalist）转一个病人给我。霍普金斯太太，六十多岁，有咽喉癌历史。因为肺炎入院。两天后病情恶化，呼吸困难，上了双相气道正压通气（Bilevel positive airway pressure，BiPAP），转到ICU。送病人来的护士特别告诉我：霍普金斯太太不做心肺复苏（ Do Not Resuscitate，DNR)，不做气道插管（Do Not Intubate, DNI）。

BiPAP是给病人鼻子嘴巴上套一个密封面罩，向呼吸道提供压力，迫使呼吸道开通，肺泡扩张，促进气体交换。如果BiPAP不能缓解呼吸困难，下一步就是气道插管，上呼吸机。

DNR 是病人心跳骤停时不做抢救，如胸腔挤压、电击除颤等。DNI 是病人无法自主呼吸时，不做气管插管，不上呼吸机。对于患不治之症、处于生命末期的病人，DNR/DNI 是明智的选择，避免不必要地延长痛苦。但是，DNR/DNI 也可能使医生护士放松、麻痹，认为病人已是生命末期，没必要积极抢救。即使病人死亡，医生也不会有什么责任。DNR/DNI 可能的潜在意思，是病人活不长。

我接手时，得到的印象是霍普金斯太太已经病入膏肓。如果病情进一步恶化，就应该放弃治疗，仅使用姑息疗法（Palliative care）。

先查了一下病人。霍普金斯太太皮包骨头，处于昏睡状态。脸上套了一个大面罩，不能说话。心跳 160，呼吸 34 左右，血压 120/70 。听肺部，呼吸道有不少分泌物，肺上水肿不算太严重。胸片右肺上叶到处斑斑点点，看起来像肺炎而不像肺水肿。此外，心脏细长，被挤在中间，病人可能有严重的肺气肿。

在计算机上查了查资料。病人咽喉癌历史很长，不久前因为恶心呕吐收入另一家医院。无法吞咽，安了胃管（Percutaneous Endoscopic Gastrostomy, PEG)。

我关心的是霍普金斯太太的咽喉癌，恶性程度究竟有多高？是否侵入周围组织？有没有转移？计算机上材料太多，大部分是简单的门诊记录，无法让我了解病人总体情况。最好是问问家属。

十几个家属在接待室。他们告诉我，霍普金斯太太气管纤维增生，疤痕形成。她不仅无法吞咽，而且气道插管也会非常困难。霍普金斯太太因此要求DNR/DNI。除此以外，她没有其他疾病，十年来生活基本正常。

在我看来，霍普金斯太太主要是急性肺炎。因为化疗放疗，因为肺心病，使她比正常人脆弱。即使肺炎，对她也是严重打击。

回到ICU，霍普金斯太太看起来还算稳定，只是心率太快，160。监护器上显示出室上性心动过速（Supraventricular Tachycardia, SVT）。先试了两剂腺苷(Adenosin)，没用，再上洋地黄（Digoxin)。一针进去，心率马上降到80至90。 我对护士说，希望我今晚能睡个好觉。然后离开ICU。

一晚无事。早晨八点，护士呼叫，说霍普金斯太太病情加重，随时都可能死亡。赶到ICU，病人昏迷不醒，面色灰白，嘴唇发绀，四肢冰冷。她呼吸浅快，听诊呼吸道有大量分泌物外，肺上还有大量啰音，表明肺脏有大量液体。即使在用 BiPAP, 血氧饱和度也只有 86% 左右，表明 BiPAP 已经不能使她得到足够的氧气。监护器上，整个晚上心率正常。半小时前，心率加快到 160 至 170，节律显示心房扑动（Atrial flutter)。马上做胸透，显示大面积肺水肿。

护士说：霍普金斯太太正在死去。不如与家属商量，停止治疗，只用吗啡减少痛苦。

我不同意。我告诉她们：如果病人是癌症或其他疾病晚期，我不在意停止治疗。但是，任何病人，只要是急性，就有恢复的可能，就应该全力抢救，哪怕病人看起来已经非常严重。霍普金斯太太很可能会死去，但在我还没有用完所有措施以前，我不愿意停止抢救。我说：95% 的时候，她们预测正确；5% 的时候，我是对的。但是，生命可贵，5% 的机会我也不会放弃。

病人的临床表现，主要是心动过速（心率 160）所引起。心跳过快，心脏舒张时间过短，没有足够的血液回到心脏，没有足够的血液灌注机体、灌注大脑。血液滞留在肺脏和静脉，结果是血压下降，肢体冰冷。

肺部充血，呼吸困难，无法正常进行氧气 / 二氧化碳交换，血氧饱和度下降，病人发绀。脑部氧气过低，二氧化碳过高，灌流不足，导致病人神志不清。

很多病人可以短时期耐受 150 至 160 的心率。而这个病人，由于长期放疗化疗，由于肺气肿，缓冲空间很小。一点点打击，就可能使她崩溃。

说完，我开始下医嘱：

1. 静脉注射抗心律失常药盐酸胺碘酮 (Amiodarone)。

2. 加上洋地黄和 β 受体阻断剂美托洛尔（Metoprolol）以减慢心房和心室间的传导。

3. 准备电击，把房扑转换为正常节律，从而减慢心率。

4. 静脉注射利尿剂呋喃苯胺酸，排出体内多余液体。

5. 改用更强的抗菌素，尽快控制肺炎。

6. 皮质激素控制炎症，同时增加机体应急能力。

一边准备除颤器，一边等病人家属签字。与此同时，护士把 150 mg 的盐酸胺碘酮推入静脉。心率几乎马上降到 90 左右。

第二天，病人开始改善。 护士说，要把我的预测

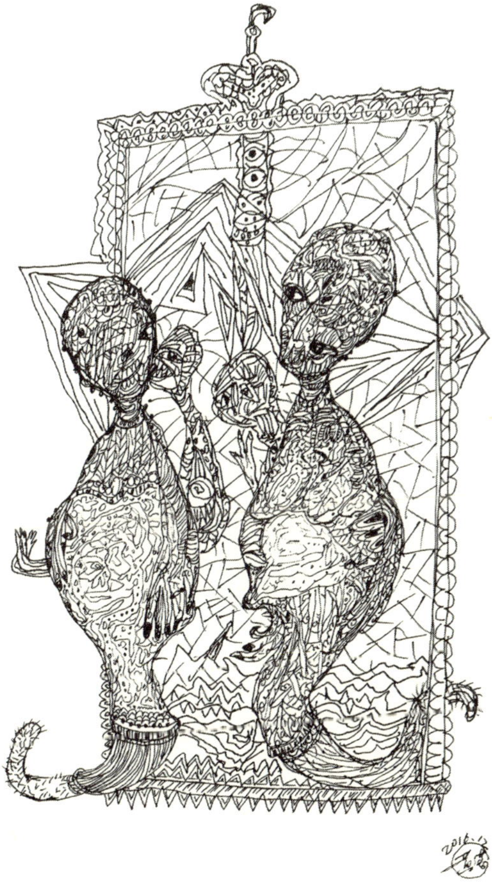

准确率提高到 5% 以上。两三天后，霍普金斯太太病情开始改善。有时候可以取下 BiPAP 的面罩，用鼻管供氧。这时候，才把她的模样看得清楚一点。因为瘦，显得额头大，下巴尖，眼睛大且前突。她不能说话，我和她说什么，就点头摇头，或者写在纸上交流。每次查完房离开时，她和我握握右手，挤挤右眼。

四五天后，病人开始通过胃管进食。一星期后转出 ICU。在普通病房待了两天，突然昏迷不醒，呼吸困难，血压下降，肺水肿。转回 ICU，从头开始。一个多月，如此反复了四五次。

一次又一次从死亡边缘回来。病人怎么想？清醒的时候，霍普金斯太太对她的儿女说，她很害怕，她会死。她的儿女要我鼓励她。我几次对她说，虽然有反复，她还是在逐渐恢复。与其说我是在骗她，不如说我是在骗自己。听我说时，她不断点头。她真信我的话？

霍普金斯太太的儿女怎么想？认为她没有希望？还是以为奇迹会一再出现？似乎病人每一次死里逃生，他们对我的信任就增加一分。

经常在医院的是她的两个儿子和一个女儿。刚开始，病人的大儿子和女儿总是带着怀疑、审讯式的目光，这种目光逐渐消失。病人和亲属，对我似乎是无条件信任。如果我对病人和她的儿女说：没有希望了，让我们停止治疗，他们也会同意。也许她的儿女们私下里希望我这么说。

这种信任，给我巨大的压力。我希望自己不要辜负他们的信任，更不要滥用这种信任。每一次病人陷入昏迷，ICU 护士的脸色就黯淡一分，似乎在问我：你为什么那么顽固，还不放弃？

我也问自己，是不是该放弃？我还问自己，还有什么没有做到？

当年在肾脏内科实习时，老板对我说：每天下午，他总是要停下来，把重要的病人在脑中过一遍。想一想，漏掉了什么？

我几次坐在计算机面前问自己：我漏掉了什么？做错了什么？

最初两次病人病情恶化，是在开始胃管进食一到两天后。也许是食物呛入肺脏，引发肺炎。做了胃食道造影，没有发现造影剂进入肺脏，没有发现食管有瘘道。后来没有胃管进食，病情也突然恶化。

病人最主要的是肺炎。我用了最强的抗菌素，加上万古霉素（Vancomysin），覆盖了几乎所有的细菌。但是白细胞一直不降。血液培养没有细菌，痰培养有耐甲氧西林金色葡萄球菌（Methicillin-Resistant Staphylococcus Aureus, MRSA)。为什么抗菌素不能控制她的感染？白细胞居高不下是因为感染，还是其他原因？痰培养阳性是真有细菌还是污染？ 即使是感染，除了继续用抗菌素，我还有什么办法？

病人病情恶化时，就听到她的呼吸道有大量的分泌物。也许病人的咽喉癌，化疗特别是放疗，不仅破坏了咽喉粘膜，也破坏了上呼吸道的粘膜、纤毛，使病人无法排出痰液。饱含细菌的痰液，使感染无法控制，或者一次次引起感染。我只能用乙酰半胱氨酸打断痰液肽链，不断吸痰。 这两个疗法究竟有没有效？

CT 报告纵膈淋巴结肿大，可能是癌症转移。肺实质可能有癌症转移加上肺炎。我把 CT 看了几遍，右侧肺部几乎全被实质性物质填满，或者是细菌，或者是水肿，也可能是肺泡塌陷。只有上方 10%~20% 还有一点看起来正常的肺组织。如果是癌症转移，治疗癌症能不能帮助控制病情？但是病人往往只有稳定以后才能活检，才能放疗化疗。

我以前曾收过两个病人，主要症状就是虚弱无力。什么都查完了，还是找不到病因。其中一个突然心跳骤停，CPR 无效，死亡。另一个，我把她转到附近的教学医院，我告诉值班医生，这个病人很可能要死掉，但我希望她死在大医院。病人转过去几天后死亡。

这两个病人都已七八十岁。也许他们的身体，所有器官已经磨损殆尽，什么时候就突然放弃运转。虽然医学上没有这种理论。

霍普金斯太太只有六十多岁，而且入院以前基本正常，入院的病因似乎就是肺炎。我总是不甘心。

病情再次恶化，所有人似乎都感到没有希望。我告诉霍普金斯太太的儿女们，预后很差，只有两个选择：1. 继续治疗，很可能无效；2. 停止治疗，让病人平静无痛地离去。无论他们怎么选择，我都照办。

他们反问我："大夫，你认为应该选择哪一个？"

选择生与死，病人亲属往往会犹豫。他们知道应该放弃治疗，但他们不愿意自己做决定。

对于我，同样是沉重的负荷。霍普金斯太太，一两个月以前，可以说基本正常。虽然病情一次又一次恶化，谁知道下一次会不会恢复正常？所有的迹象都显示她正在死亡，但哪个医生能保证自己的判断 100% 准确？轻轻一句话“没有希望”，一条生命就终止了。对待生命，我能够这么轻松、随意？

我希望她的儿女们告诉我：停止治疗。

和霍普金斯太太的亲属们谈了一阵，没有结论。我让他们继续商量。回到 ICU，站在病人床前，看着病人。她昏迷不醒，用腹部肌肉困难地呼吸，血压正在下降。我问自己：我究竟是在抢救她的生命，还是在延长她的痛苦？我是为了病人，还是为了我的自我？霍普金斯太太的儿子女儿进来，告诉我他们讨论的结果。听了几分钟，听不出他们做出了什么决定。

我说：我认为应该停止治疗。

所有在场的人，似乎都松了一口气。

见惯死亡。大部分时候，死亡就是死亡证书上一个签字。我翻开病历写下：停止治疗。突然感到眼睛湿润。一只手放在我的肩上。

前黑帮癫痫

约翰逊先生，四十岁左右，肌肉发达，手臂上有文身。曾经是黑帮成员，酗酒，吸毒。身上有几处刀伤，背上中过子弹。十年内，因为癫痫持续状态（Status epilepticus），住院三四次。又发作一次，轮到我收他。

刚把他送到ICU，约翰逊先生又发作癫痫。静脉注射苯妥英和氯羟安定，无法终止癫痫。改为注射咪达唑仑，同时气管插管，人工呼吸。

两天后拔管。拔管四五个小时后，又发作癫痫。两个大汉把他按住，护士注射氯羟安定。我赶到ICU，一边说话一边观察病人。发现他脑袋往左右摆动，两手在推大汉的胳膊。癫痫大发作，口角冒泡，脖子向后伸，四肢做屈伸运动。这小子难道是装的？

暂时控制了癫痫，我告诉护士观察仔细点。

一晚没事。第二天早晨，病人又发作了癫痫。护士科蒂冲进来尖叫：他是假的，假的。他朝两边滚。

大姐大科蒂的声音太大，他也听到了。他把手上的静脉输液管扯掉，冲出医院。以后再也没有见到他。

病人装病，时有发生。装病总是想有所得。要住进医院，要在医院混吃混喝，成为医生护士的注意中心。充大爷，一点小事就大呼小叫，护士手忙脚乱赶来问候伺候。或者想得到工伤劳保。但约翰逊先生装病，装到被气管插管，他究竟能得到什么？想得到什么？

病人的老婆近四十岁，看起来漂亮，有文化。在插管过程中，在病人癫痫发作、注射药物时，她也在场。两手交叉在胸前，看着发生的一切，没有多少表情，也说不上冷漠。没有焦虑，没有悲伤，没有愤怒。似乎发生的一切，只是日常生活的一部分。

有时候我想问她，怎么会和约翰逊先生凑在一起。想想而已，不可能问这种问题。想起什么时候读过一个故事，不知真假。故事中的男女类似约翰逊先生和他的老婆。男的还是个虐待狂。故事中的“我”（医生）想到同样的问题，而且问了那个女士。女士回答：

“为什么？大夫！他可以做那个事几个小时。”

疝气修补手术

曾经有种说法：外科医生每天绣花，可以练手艺。外行想当然也罢了，大学时读过校报上一篇小说，故事中的外科医生也是天天绣花。小说作者是卫生系学生，估计只摸过切菜刀。

只要把解剖搞清楚，知道刀子切下去，下面是什么组织、器官，就算是学会了外科技术的一半。熟能生巧，不知道解剖，熟也不能生巧。

医学院毕业后，在国内搞过一段时间外科，阑尾切除、胆囊切除和胃切除等。还做过男扎术，说起来也简单，在皮肤上切两个小孔，钩子伸进去，把管子勾出来，咔嚓一声剪断孽缘。男扎对象，以前是二三十岁的猛男，现在是四十至七十岁德高望重的领导。

此外，疝气修补术也做了不少。除了脓肿引流，疝气修补术是最简单的手术。医学生见习，最先放手做的，就是疝气修补术。

一个阑尾切除术十六块人民币，一个疝气手术大概只有一半的价钱。

一次收了个病人，十七八岁，腹股沟斜疝再次发作。小伙子已经做了三次疝气修补术。

腹股沟斜疝，是一段小肠从腹股沟韧带上方，精索腹腔出口处挤出。

腹股沟疝气修补，把皮肤、脂肪、腹外斜肌腱膜切开，找到突出的疝囊，把疝囊内的小肠推回腹腔，切掉疝囊多余部分，缝合。再把腹股沟薄弱缝隙上下的韧带（联合韧带和腹股沟韧带）在精索后或精索前缝合在一起，以封闭缝隙，预防疝气复发。

术后复发少见。这个病人居然复发三次。

问了问以前是谁给他做的手术。手术是潘医生做的。老潘是部队卫生员出身，外号潘驼背儿。潘医生仪表堂堂，叫潘驼背儿实在冤枉。身高一米七八，双眼皮。滋润的脸蛋，一看就知道营养充足。嗓门洪亮而有点沙哑，现在的说法是声音性感。老潘一开口就是几个“哈哈”。每天早晨科室交班，就来一两个黄段子。楼下的内科主任听到笑声就说：外科那些医生，又在开黄色玩笑了。

手术室里，一边东拉西扯，一边做手术。做到最后，正要把联合腱膜缝到腹股沟韧带上。麻醉师和手术护士说：你拐了。

我问：咋个拐了？

“你没有把精索分出来”

“这就是精索。”

“那根细管子才是精索。”

“这是提睾肌，这是精索筋膜，这是输精管，这是血管。这些连在一起，才叫精索。这根细管子只是输精管。”

这时候我才明白，为什么小伙子疝气一再复发。本来输精管和上面的肌肉筋膜连在一起，才足够结实和粗壮，缝合后可以堵住缝隙。而老潘把输精管上面的肌肉筋膜剥开，相对粗壮的精索变成了一根细细的输精管，无法堵住韧带之间的间隙。天生薄弱的腹股沟，被他修补得更薄弱。

条件性自杀

一

弗兰克先生，三十六七岁，远看像个肌肉男。身高一米六二左右，横着长。深蓝色的连衣裤工装下面，似乎是疙疙瘩瘩几十块砖头瓦片。再近一点看，像个帅男。脸呈长方形，长宽比例五比四左右。黑油油的平头，络腮胡，浓眉大眼。更近点看，那一双黑色大眼睛缺少光泽，迟钝中又带点狡诈。

晚上第一次在急诊室见到弗兰克，他昏睡不醒。据说是服了十几片氯羟安定（每片一毫克）。查了查病史，弗兰克患抑郁症，多次自杀，多次入院。看他昏睡中还是一副伤伤心心的模样，不禁有点同情。年纪轻轻就不想活，生活是多么悲惨。

氯羟安定这一类药物（苯二氮卓 Benzodiazpine)

不是很危险，不容易引起呼吸抑制。治疗就是派人守着他，以防他再次自杀。同时注意他的呼吸，有呼吸抑制则注射氟马西尼。实在不行就气管插管，人工呼吸。

自杀该精神科医生处理。但是药物引起的毛病，该内科或其他科医生管。内科医生确定没事以后，精神科医生才接手。

早晨六点左右，被护士呼叫，说弗兰克要签字出院，意思是说要在“拒绝医疗忠告表”上签字，然后出院。一般病人，可以自由签字出院，即使医生不同意。这种要自杀的病人，签字也不行。否则出去自杀了，还是医生的责任，该医生吃官司。

我告诉护士，叫保安看住病人。护士说他要出去抽烟。我说让保安跟着他到外面抽烟。这种病人，照规矩不能出医院大门。但是与其正面冲突，不如哄哄拍拍。

赶到医院。先呼叫精神科医生，叫他们赶快救急。然后到医院门口找到弗兰克。

我问：你昨天为什么要自杀？弗兰克：我在附近租不到房子，不想活了。

我说：“你最好待在医院，让精神科医生治疗。

我要问一问，那些房东为什么不肯把房子租给你？也许会有所帮助。”

我又说要给他尼古丁贴片，减少不抽烟的不舒服感。但是，如果他坚持要走，我可以叫保安强行制止他。

弗兰克同意待在医院。

我回到病房，在病历上写下：“病人内科稳定。”这是告诉精神科医生，我没有必要再管这个病人。

十点左右，精神科医生来看弗兰克，把他转到附近的精神科医院。

二

一个月以后，正在收一个自杀病人。急诊室医生笑道，还有一个自杀病人，服了七片萘普生，每片 550 毫克。

我瞟了一眼，又是弗兰克，“屁虫。”大家都笑起来。

半小时后，去问他这次又是因为什么要自杀。他说和房东吵了一架，房东骂他蠢货。我告诉他，用萘普生自杀是一个愚蠢的主意。因为萘普生不会马上杀死他，而是破坏他的胃、小肠，让他出血、疼痛，慢慢死。

急诊室医生已经给他服了活性炭。把他收到病房，输液，又派一人盯着他。

晚上十一点，护士呼叫，说弗兰克又要签字出院。“垃圾，他在玩弄我们的系统。”我在电话里骂了几句，赶到病房，问他又是为什么要出院。他说他要马上转到附近的精神病医院，不然就要出院。他不想见这个医院的精神科医生。

给精神科医院的医生打电话，她答应马上接收。我高兴地告诉了弗兰克，然后安排救护车。十几分钟后，精神科医生打电话过来，说精神科医院的护士很熟悉他，今晚不会收他入院。

放下电话，骂了几声，叹了几口气。情绪稳定后，再去告诉弗兰克计划有变，承诺第二天一早就安排。他同意待到第二天早晨再说，条件是出去抽根烟。

熬过一晚。第二天去查房，精神科执业护士（Nurse practitioner）南茜已经在那里。一开口她就问：“七片萘普生，你也要收进医院？”我想，我为了你们的精神病，担惊受怕，你还不领情。我说：“我收他不是因为他服了七片萘普生，而是因为他要自杀。都是你们精神科的事，和我一点关系都没有。”

南茜告诉我，两个星期前，弗兰克又服药自杀，送到医院，值班的精神科医生当场就让他出院。诊断是：

1. 条件性自杀。

2. 轻度智力发育停滞。

3. 操纵医疗系统。

我在计算机上找到那份记录。心想，冤枉啊，昨天晚上我怎么没有发现这份文件呢？

南茜有点幸灾乐祸，告诉我弗兰克的几个故事。一次是说要到精神科医院，救护车把他送到那里，弗兰克溜走，去看女朋友。还有一次，四辆救护车同时来到急诊室，弗兰克坐在其中一辆里。弗兰克一到，就要求送饭来。急诊室医生说：等我把其他病人检查完，再来检查你，然后再决定需不需要让你吃饭。

我去告诉弗兰克，马上出院。他面无表情，盯着我一声不吭。看不到一点昨天晚上要死要活的影子。

三

两个星期后，在急诊室收病人，又看见弗兰克。护士说他刚到，急诊室莫里斯医生还没有来得及看他。

我问他，又是怎么回事？他说房东骂他废物，他就吞了 24 片布洛芬，每片 200 毫克，然后叫救护车。

他倒是把药物的剂量和片数，说得清清楚楚。布洛芬这一类消炎药，剂量低于每公斤体重 100 毫克，一般不会产生明显毒性。弗兰克体重至少 60 公斤，总量要超过 6000 毫克，才可能产生毒性。按照他的说法，他吞了 4800 毫克，不至于产生毒性。

又问了他几句，没有什么症状。生命体征正常。

我写了一个详细记录，特别是药物剂量、症状、体征，然后让弗兰克马上出院。不会有救护车送他回去，自己叫出租车。

护士问：要不要莫里斯医生看看？

“不用了，帮他省一个病人。”

多发性骨髓瘤

晚上十点左右，急诊室医生杰夫传呼，说有一个病人，很可能是多发性骨髓瘤（Multiple Myeloma），他已经做了骨骼X光检查。

多发性骨髓瘤是一种血液癌症：骨髓浆细胞恶性繁殖，破坏骨骼，导致贫血和机体抵抗力下降；浆细胞分泌单克隆蛋白，引起肾功衰竭。

我问："病人稳定吗？" 杰夫答："稳定。"多发性骨髓瘤是恶性疾病，但不能算急性疾病，不需要马上处理，特别是不需要晚上十点处理。

我问："能不能送一个会诊单给我，我尽早在门诊看这个病人。"杰夫说："她的病情特别严重。"

我来到急诊室。杰夫给我看骨骼X光片，我不禁倒抽一口冷气。病人的颅骨、胸骨、肋骨、肱骨、盆腔骨、股骨、颈股骨头，到处是透明的圆孔。圆孔处的骨头只有薄薄一层，似乎轻轻一碰，骨头就会断成两段或几段。此外，11胸椎压缩性骨折。

我去看病人。希瑟尔，近四十岁，身体和脸都是胖乎乎的，细细的眼睛和嘴巴，眼角嘴角向上弯，一看就是那种风风火火、随时都会大哭大笑的马大哈。她腰背痛已经六七个月，家庭医生给她照了脊柱X光，没有发现异常。消炎镇痛药无效，推荐作脊柱推拿。做了几个月，疼痛越来越厉害。脊柱推拿师是她的朋友，感觉不对头，就让她到急诊室看。

我告诉病人骨骼X光的结果，说很可能是多发性骨髓瘤。我解释了一下什么是多发性骨髓瘤，又说：我还要等蛋白电泳的结果来确诊，此外还要排除癌症。

希瑟尔惊慌失措，嚷道："我还有两个孩子。"多发性骨髓瘤和癌症一样恶性，但是听起来似乎良性一点。我告诉希瑟尔，癌症的可能性不大。

把希瑟尔收入院。第二天上午，得到蛋白电泳结果：M蛋白升高；CT没有发现癌症。多发性骨髓瘤基本上可以确诊，虽然还需要骨髓穿刺。CT是多此一举。

我去告诉希瑟尔，不是癌症，是骨髓瘤。她的惊恐似乎减轻了一点，仍然是惶惶不安。

回到办公室，我给附近大医院血液科的值班医生马丁内斯打电话，要把希瑟尔转到她那里。我告诉她病人的病史、X 光和蛋白电泳的结果。我告诉她，这个病人还需要骨科马上会诊，以预防骨折。

马丁内斯医生说她马上安排转院。

医院病床紧，等了两天才把希瑟尔转过去。有两次，已经说了要出发，又临时取消。希瑟尔的母亲对我说，每次听说要转院，希瑟尔就焦急不安。我告诉护士，下一次等到救护车已经启动，担架到门口了，再告诉希瑟尔。她的妈妈会收拾衣物及卫生用品。

终于送走希瑟尔。马上就把她忘了。

八九个月后，收到马丁内斯医生一封信，说希瑟尔肾功有点低下，问我能不能看看她。

一个多月后，希瑟尔来看门诊。进门来，和我印象中那个惊恐不安、哭哭啼啼、脸色苍白的希瑟尔判若两人。她脸色红润，满脸笑容，看起来非常健康，充满活力。

希瑟尔的肾功稍微低一点，很可能是多发性骨髓瘤所致。但是一直稳定，我并不担心她的肾脏功能。大部分时间，都在听她讲述过去几个月的经历。

转过去以后，希瑟尔马上做了双侧半人工髋关节。随后做了化疗，化疗后收集自体骨髓干细胞。然后大剂量化疗，杀死体内骨髓细胞，包括惹事的浆细胞。然后做自体骨髓干细胞移植。两个月前，希瑟尔去看马丁内斯医生，问什么时候化疗，马丁内斯医生说："你已经治愈了，不再需要化疗。"

希瑟尔不敢相信："我真的被治愈了？"

她说：看到别人生病，虽然同情，毕竟体会不深。而自己从死亡边缘回来，才知道其中的痛苦、绝望，和重新获得生命的欢乐。希瑟尔继续讲述在整个治疗过程中，医生护士对她的关心、体贴。她眼睛通红，眼泪在眼角打转。

内科疾病大部分治不好，死不了。我就想不起有几个被我治愈的肾脏病人。看到这么一个被治愈的病人，是医生最大的回报。虽然希瑟尔不是我治愈的，至少在她生命最困难的时期，我尽了一点努力，我给了她尽可能的关怀。

我告诉希瑟尔："今天是我的节日。"

无休无止的检查

一

凌晨四点被吵醒。

附近一个乡村医院的医生卡佳，说他要作一个头部 CT，以及胸部 CT 血管造影。但是病人肌酐高，问我怎么办。

CT 血管造影需要注射造影剂，造影剂可能引起肾功能下降，特别是肌酐高的病人。对这种病人，放射科医生不愿意用造影剂。在我看来，放射科医生常常反应过度，肌酐稍微高一点就不肯用造影剂。其实，很多病人用了也不会有多大问题。但放射科医生不愿意做，我也不能强迫他们。这小子难道不明白这点道理？

我问：“为什么要做 CT？”

卡佳医生："排除一过性脑缺血（Transient ischemic attack, TIA）、中风和肺动脉血栓。"

"把故事讲给我听听。"

"病人是位八十二岁的男性，因为肺炎收入医院。半夜起来上厕所，差点摔倒。"

"他的生命体征如何？"

"血压 100/60 左右，有点低烧，血氧饱和度正常。"

"没有呼吸困难？"

"呼吸正常。"

"神经系统检查正常？"

"没有四肢无力，没有感觉异常。"

"他的治疗是什么？"

"在输生理盐水和抗菌素。"

我说："这个病人有无数可能的原因，使他差点绊倒。他有肺炎，血压偏低。突然从床上爬起来，导致体位性低血压。他可能有前列腺肥大，拉尿太用劲。他在床上躺久了，肌肉软弱无力，站不稳。他在病房里昏昏颠颠，找不到方向。灯光太暗，看不清楚。地板上可能有水，有障碍物。输液的架子也使他行动不方便。如果是一过性脑缺血，CT 就不可能发现异常。

神经系统检查正常，不可能是中风。我不能 100% 地肯定，这个病人没有肺动脉栓塞。但根据我所听到的，这个病人肺动脉栓塞的概率太低，没有指征做胸部 CT 血管造影。”

卡佳医生又问，他该做什么？

我说：“继续输液。如果病人有脱水的迹象，或者没有心衰病史，把输液速度加快一点。检查一下病人所在的病房，保证地上干净，没有障碍。保持厕所里灯光明亮。告诉病人下次要上厕所，呼叫护士。或者给病人一个小便器（Urinal)，就在床上拉小便。”

听到他明显地松了一口气。可以想象，他随之就会在病历上写下：与清医生讨论，清医生认为没有必要做 CT，没有必要排除一过性脑缺血、中风和肺动脉栓塞。

我挂上电话，骂一声：“屁虫。”卡佳医生并不蠢，不会连这些常识都不知道。他应该知道，中风及肺动脉栓塞的可能性微乎其微。但他有一点点不踏实，他想排除那一点点不安全的感觉。虽然那意味着半夜三更，把那可怜的老头子从病床上拖进救护车，在山路上颠簸两三个小时，来我这儿做 CT。意味着吵醒一大堆人，护士、救护车司机、急救人员、放射科医生，吵醒我。

他这么做不是为了病人，而是为了保护他自己，虽然他没有什么需要保护。

安全行车规则之一，是一种防御性驾驶（Defensive Driving）：假设所有其他开车的人都是疯子、醉鬼、瘾君子、瓜娃子，或者医生都给他们开了过量的止痛药、安眠药，你离他们远一点，眼睛盯着他们紧一点，随时准备刹车、躲闪。

行医成文不成文的重要规则之一是防御性行医（Defensive Practice）：假设律师绿莹莹的眼睛盯着你，随时准备抢走你的钱包，你得把动乱扼杀在萌芽中。你的武器就是开一大堆检查，开一大堆药，安起搏器，做手术。钱多少不是问题，反正不是你出钱，反正不是病人出钱。

防御性行医，是每个医生面对的现实，是生存所需。但是防御性行医常常走火入魔，把纳税人的钱一捆一捆地丢到水里。好像那些美钞加元，还不如当年中国人民的草纸值钱。

我与卡佳医生比，也许是五十步笑百步。

二

阿尔弗雷德先生六十岁左右，像个十几年没有转正的考古学副教授。个子高挑，瘦而结实，脸晒成酱油色，是加了一点水的酱油。花白而稍微凌乱的头发，一根根向上竖起。眼神严肃，不说话时嘴唇紧闭。没见他笑过一次。

阿尔弗雷德先生因为胸痛到急诊室。急诊室没有发现有心肌梗塞的证据，让他出院。推荐给我，要做运动心电图。

病人上跑步机前，我问了一下他的胸痛。病人刚到佛罗里达去玩了一趟。他的胸痛往往是持续性的胸痛，与体力活动没有关系，深呼吸时胸痛加剧。这种性质的胸痛，加上坐飞机的历史，更可能是肺动脉栓塞所引起，而不是冠心病。

我停止运动心电图，让病人先做一个肺部 CT 血管造影。CT 报告没有肺动脉栓塞，又回头做运动心电图。

做运动心电图时，他的心电图没有任何异常。但是在跑步机上走了六七分钟后，他说出现胸痛。

他很可能没有冠心病，但我不能完全肯定。我开了一个运动性同位素心脏灌流造影。同位素造影没有发现异常。

我告诉阿尔弗雷德先生，他的胸痛很可能是胸部软组织炎症引起，不是冠心病。但他们两口子坚持是冠心病，要求做冠状动脉造影（Coronary Angiogram)。

很想拒绝他们的要求。回头想一想，万一他有冠心病呢？万一他哪天心肌梗塞，我就会吃官司。运动心电图和运动性同位素心脏灌流造影的敏感性（Sensitivity) 也就 60%~70%，也就是说可能漏掉 30%~40% 的冠心病人。万一他属于那 30%~40% 呢？

我推荐病人做冠脉造影。心血管医生报告说：冠状动脉没有发现任何异常，病人的胸痛显然不是来自心脏。

终于对阿尔弗雷德先生证明了他没有冠心病。

但 事情并没有完。

三

CT 报告没有肺动脉栓塞，但发现肝脏有一个包块：4.5cm × 2cm × 9cm，看起来像是血管瘤。建议做三相 CT。

阿尔弗雷德先生又去做三相 CT。报告说：

1. 肝脏包块不像是血管瘤，但是良性的可能性非常大。肝癌的可能性不大，但是需要排除。核磁共振或者胶体硫同位素扫描可能有所帮助。

2. 左侧肾脏发现瘢痕组织。建议 6 个月后做 CT 或肾脏 MRI。

3. 胰腺发现一个 0.6 cm 的囊肿，几乎可以完全肯定是良性。建议一年以后做核磁共振胆管胰管造影(Magnetic Resonance Cholangio Pancreatography, MRCP ）。

我一边写三个检查单，一边仔细对照放射科医生的报告，不要把这些莫名其妙的检查名字写错了。第一个检查，开了同位素扫描，想着可能便宜一点。写完后问我自己：下一步又是什么检查?

同位素扫描报告：肝脏包块倾向于良性的局灶性结节性增生，但是不能完全肯定。进一步用核医学肝亚氨基二乙酸 (Hepatic Iminodiacetic Acid, HIDA) 扫描加延迟单光子发射计算机断层图像显像 (Nuclear Medicine HIDA-scan With Delayed Imaging），也许会有帮助。

我再次写下 HIDA-scan 检查单。一边写一边想，还有完没完?

四

一两个星期后，秘书告诉我，病人打电话问，为什么要做 HIDA-scan？我让她回电话说，放射科医生要做，为了排除癌症——虽然癌症的可能性很小。

阿尔弗雷德先生坚持要见我一面。我想：说不定救星来了。也许我给他说清楚，他会放弃这个检查或一长串检查。

阿尔弗雷德先生两口子来了。我给他们解释以前的报告，告诉他们：肝脏的包块很可能是良性。我并不想继续这些检查，但是放射科医生建议，我不得不听。听我说完，两口子说："要去做 HIDA-scan。"

一个学生告诉我：她到温哥华一个图像中心见习了一个月，那里一个老放射科医生，犹太人，总是尽量给出明确的诊断，不用模棱两可的结论。这种放射科医生，或者这种心态的医生，在今天可是珍稀动物。

过敏反应还是不良反应？

当年国内的抗菌素主要是两素，青霉素和链霉素。很多时候，病人刚住院，医生还没有来得及下医嘱，护士就做了青霉素、链霉素皮试。

我小时候也做过皮试，皮肤上起了个小疙瘩，从此就有了青霉素过敏的标签。有时候去看医生，我想解释一下，所谓过敏只是当年皮试有个疙瘩。护士似乎很认真地听了一下，仍然写下：青霉素过敏。

在美国时，有一次问我的家庭医生，能不能再做一次皮试，确定我究竟有没有青霉素过敏。他笑笑：现在都不做青霉素皮试，用了就知道你是不是过敏。

一个药物，一个治疗是否选用，取决于利弊之比。引起过敏反应的药物，自然能避免就避免。但是并非所有引起过敏的药物，都是绝对禁忌。

1. 不是所有的过敏反应生而平等。一型过敏反应导致呼吸困难、休克，甚至死亡，应该完全避免——包括同类药物、相似结构的药物。实在要用，可以作脱敏疗法。如果一个药物引起非一型过敏反应，至少可以试用相似结构的药物，如青霉素过敏，可以试试头孢菌素。

2. 搞清楚是真过敏还是假过敏。有时候，病历上写着吗啡过敏、阿司匹林过敏，问病人怎么回事，回答说用了吗啡后恶心，用了阿司匹林胃痛。这不是过敏反应，而是不良反应。

不少药物因为过敏而不能使用，造成治疗困难。不是过敏而给病人贴上过敏的标签，剥夺了病人接受有关治疗的权利。

一

一天值班，急诊室医生帮我收了一个病人。第二天早晨，我才去看病人。加西亚先生， 六十多岁，退伍老兵。家庭医生让他到急诊室，因为血压难以控制，血压通常在 180/110 左右。

家庭医生在信上写道，病人对磺胺过敏，所以没有用利尿剂。试了很多降压药，也不能完全控制血压。现在服用的降压药包括 β 受体阻断剂、钙通道阻断剂，以及血管紧张素转换酶抑制剂依那普利（Enalapril）。

按照当时的指南，高血压预防、检测、评价和治疗联合国家委员会第七次报告，噻嗪类（Thiazide) 利尿剂是治疗高血压的首选和基础药物。因为这类药物，根据到当时为止的研究，防止高血压心血管并发症，优于其他降压药。噻嗪类利尿剂不仅通过降低血钠血容量而降低血压，还可提高其他降压药的作用。这类药物价钱便宜。他们建议首先使用噻嗪类利尿剂，或单独使用，或与其他降压药一起使用。

我一直热衷使用这类利尿剂，特别是氢氯噻嗪（Hydroclothiazde）。在我看来，加西亚先生不能使用利尿剂，使他的高血压难以控制。

我问加西亚先生，磺胺过敏究竟是怎么回事?

他说三十年前，用了磺胺抗菌素，五六个小时后出现下肢皮疹，从此再也没有用过。

皮疹显然不是一型过敏反应。此外，对磺胺抗菌素过敏，不等于就是对磺胺那个结构过敏，不等于对其他含磺胺的药物都过敏。

不使用利尿剂，不良后果已经很明显。我认为值得冒一冒风险，试试利尿剂。

给病人解释清楚后，他同意试一试。

早晨，在他床边放上肾上腺素、皮质激素和组织胺受体阻断剂，要求护士每隔十五分钟就去看一次。然后，病人服下氢氯噻嗪。一天过去，病人没事。

两天后，血压降到 150/90 ，病人出院。

二

国内动辄就输球蛋白、白蛋白。99% 的情况下，除了给医院捞钱，对病人没有任何好处。

与药物比，输血及血液制品，不良反应、过敏反应更多。如果血型不合，可以导致死亡。

因为输血反应的严重性，任何输血反应，都必须报告血站、实验室。此外，往往不能再输同样的血液制品。

图尔纳尔太太，年近七十，头发花白稀疏，脸颊圆鼓鼓地突出。双眼皮，上嘴唇向上翻。缺了一颗门牙，没有补上。每次查房都看见她在读书。问她有什么不舒服，总是温和地笑笑，说很舒服。

她在上世纪六七十年代当兵，军队里预防接种，用了多次使用的针头，患上丙型肝，发展为肝硬化、腹水。

她剧烈干咳两天，来到急诊室，胸片发现右侧胸膜腔大量积液。除了肺尖，整个右肺都被胸水的阴影埋没。一个月前的胸片，没有任何胸水。估计是咳嗽引起或加大横膈裂口，使腹水进入胸膜腔。

急诊室医生问我怎么办。除了咳嗽，病人没有任何症状，没有呼吸困难。让她回家，也没有大错。但是胸膜腔积液太多。为保险起见，最好收入院，抽掉积液。同时液体送病理检查，看看有没有癌症。尽管更可能的原因是腹水。

胸穿抽液体（Thoracentesis)，当年在国内当学生时敢做，现在能不做就不做，让给外科医生或放射科医生。

胸穿和其他有点侵入性的操作，都要检查血液凝结功能 (INR，正常为 1 ）。凝血功能低，有出血危险。一般用维生素 K 恢复凝血功能以后，再进行操作。

图尔纳尔太太的 INR 是 1.7，表明她凝血功能低下。病人因肝硬化导致肝功能低下，肝脏不能合成足够多的凝血因子。

给病人注射了维生素 K。肝硬化病人，即使注射维生素K，肝脏也不一定能合成凝血因子，最好是直接补充凝血因子。新鲜冰冻血浆（Fresh Frozen Plasma, FFP) 含所有的凝血因子，以及血液中的其他蛋白，提高凝血功能立竿见影。

输第一袋新鲜冰冻血浆，没有任何症状。

晚上开始输第二袋。开始不久，病人抱怨出现眩晕、恶心、幻觉。没有皮疹，没有发烧。值班医生下令停止输新鲜冰冻血浆，给病人泰诺（Tylenol）。

第二天查房，我感到不能匆忙下过敏的结论。

如果我给她打上标签："血浆过敏。"对我而言，省事又安全。但对她而言，意味着终身不能再用新鲜冰冻血浆。不能用新鲜冰冻血浆，她就不能做任何有点侵入性的操作，不能作任何大大小小的手术。而她不可避免地需要这些手术。

如果她真是对新鲜冰冻血浆过敏，只好认命。但如果不是真的过敏，而我说她过敏，我将给她带来巨大伤害，甚至使她过早失去生命。

病人昨天的反应不像是过敏反应，没有皮疹，没有发烧，没有疼痛，没有出血凝血溶血的征象。而且输第一袋时，病人没有症状。几个月前病人也输了三袋新鲜冰冻血浆，没有任何反应。

与病人讨论后，我决定再输一袋新鲜冰冻血浆。在白天输，看得清楚，人手更多。我嘱咐护士，有情况马上呼叫。

下了医嘱后一小时左右，护士长呼叫，问我知不知道昨天的事。我说知道，要她查我写的逐日志。我的分析、思考，对病人将来的考虑，都在上面。

下午一点，护士呼叫，说刚开始输，病人就抱怨嘴唇发麻。

我告诉继续输新鲜冰冻血浆，同时静脉注射抗组胺药晕海宁（Dimenhydrinate）。病人嘴唇麻木马上消失，以后再也没有什么症状。她的症状，更像是精神紧张所致，药物起了安慰作用。

第二天 INR 降到 1.54。常规是低于 1.50，才能进行侵入性操作或手术。我想，1.54 和 1.5 有什么区别？我给放射科医生鲍勃电话，说我要再给病人一瓶新鲜冰冻血浆，希望他不要取消或推迟胸穿，也不用再检查 INR。鲍勃和我共事几年，一口答应。

胸穿后第二天，病人出院。胸水病理检查没有发现癌细胞。

第六感觉

一天，问一个值班的同事：“今天忙不忙？”“太忙。”“为什么？”他头也没抬：“托雷斯大夫在急诊室。”见我笑，他也笑：“明知故问。”

托雷斯大夫五十出头，都说亚洲人看起来年轻，但托雷斯大夫看起来也就四十岁左右。大概由于她的笑容特别，一笑脸就红，真诚、单纯而有点羞怯。黑色短发，圆脸，小下巴。身高差不多一米八。白衣服下面，经常套一身运动服。没有职业运动员健壮，看起来也是经常到健身房的人。

托雷斯大夫打电话，一开口就是：“我有一个非常严重的病人”，“我有一个病人，严重心律失常”，“我有一个病人，严重呼吸困难，可能要呼吸衰竭”……刚开始打交道，一听她说话，常常被吓得气都不敢出。

听她说完，赶快冲到急诊室。后来发现，有些病人一点也不严重。就是几个室性早搏，而且有几年早搏史。所谓呼吸衰竭的病人，正在大口吃饭，说话一长串不喘气，氧饱和度 94%。

个别急诊室医生连病人都没有看上几眼，没问几句话就大呼小叫，说病情严重，要住院。托雷斯大夫总是对病人有详细了解，虽然她的判断有时错误。她错，很多时候是因为她太认真负责。

一天，托雷斯大夫来电话："我有一个病人，腹痛非常严重。"

我想：妈妈，又来了。

她说，这个病人已痛了几天，来急诊室好几次。可能是胆囊炎，但是没有胆结石。又说，病人才三十多岁。

别人都把这个病人送走，只有她想把病人收入院。究竟谁有毛病？被她搅得有点晕，居然忘了：就算是胆囊炎，关我什么事？外科医生在干什么？半信半疑，还是去看看病人。

病人查尔斯，和妻子都在急诊室。据说两口子结婚几年十几年后，模样就会变得和对方一样。如果一个漂亮一个丑，最后变得都漂亮，就赚了；都丑，就亏了。这两口子都漂亮，身体修长，结实，脸色都有点苍白。五官轮廓分明，眼睛锐利。看起来是那种受过高等教育、有个好工作、高智商、体魄健壮、自我控制能力强的人。这种人不会轻易叫痛。病人看起来痛得很厉害，但是在尽量控制表情。他妻子似乎镇静的眼睛深藏忧虑。

查尔斯两个星期前坐邮轮逛加勒比海，最后几天开始腹痛，越痛越厉害。下飞机后直奔急诊室。急诊室查淀粉酶、脂肪酶、肝功，结果都正常。腹部超声波也没发现异常，就把他送走。但他腹痛加剧，每天来急诊室，来了几次都被送走，直到碰上托雷斯大夫。

查体除了表情痛苦、脸色苍白、右上腹部轻微压痛外，没有什么异常发现。腹部肌肉也不紧张，没有反跳痛。

搞不清楚他是什么病。可能在船上像我一样死吃憨胀，引起胆囊炎。虽然超声波没有发现异常。

胆囊炎是外科疾病，应该是外科医生收。但外科医生有时候会踢皮球，说病人没有胆结石，不需要做手术，应该由内科收。好像外科医生就是动刀子。可以吵架，让他们收。不过，有打电话吵架的时间，我可以写两份入院志了。

虽然体检、化验、超声波没有发现太大的异常，查尔斯看起来太痛苦。我下意识中感到什么东西很严重，决定收他入院，输液镇痛，观察病情进展。

入院后，查尔斯腹痛没有什么改善。第二天下午，护士呼叫，说病人抱怨右下腹部也开始疼痛。我恍然大悟，终于找到病因，可能是阑尾炎。给外科医生打电话，要他来看病人，同时作腹部 CT。当年诊断阑尾炎，右下腹疼痛、压痛、反跳痛就可以确诊，现在则靠 CT。

CT 刚做完十几分钟，放射科医生就打电话来：查尔斯是阑尾炎，阑尾穿孔引起局部脓肿。阑尾位于胆囊后面。

这正好解释了为什么查尔斯是右上腹部痛。阑尾一般位于右下腹部，阑尾炎引起右下腹疼痛、压痛、反跳痛。但阑尾也可以转到其他部位，引起非典型症状。我曾经遇到过一个病人，阑尾位于膀胱后面，引起尿急尿频脓尿。

赶快给外科医生打电话。病人当晚就做了手术。一两天后出院。

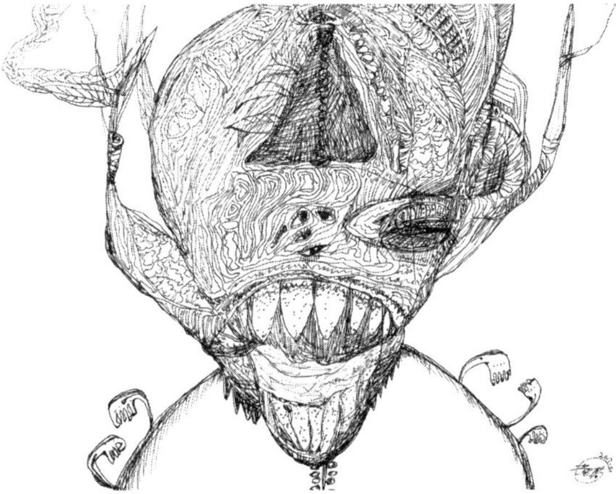

回想起这个病人，我感到后怕。如果不把他收入院，阑尾穿孔可能由局部脓肿发展为化脓性腹膜炎。年轻的查尔斯就可能因为我们的疏忽而死于一个小小的阑尾炎。我很可能吃官司丢饭碗。

几天后，碰到托雷斯大夫，我告诉她查尔斯的故事，然后说：“你有卓越的第六感觉。”

托雷斯大夫红着脸笑笑：“你们总是说我假警报，看看。”

住院小记

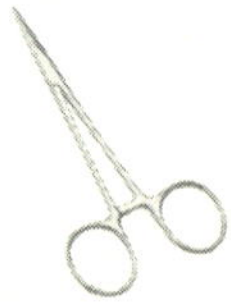

曾经住院一晚上。

新年刚过，我来到海滨城市哈利法克斯（Halifax），实习肾脏移植。住在一个家庭旅馆里。冬天优惠，但不管早饭。房主当过警察，因伤提前退休。一栋大房子，二三楼房间都做客房，自己住地下室。冬天没客人也是如此。

走路二十分钟就到医院。在医院的蒂姆·霍顿斯咖啡连锁店 买杯咖啡加一块丹麦饼（Danish），就是早饭。 去了几天，发现周围的实习生、Fellow 几乎都和我一样，走路上下班。气温常常是零下二十度，走惯了也不觉得冷。有人说，干冷不算冷。想起有一年到亚利桑那面试，招工的说： 干热不算热，麻省湿热才算热。

一天，出门才发现起了暴风雪。走过一两条街，已经花了十几分钟。想退回去，打电话叫出租，又想不如干脆往前走，花的时间可能也差不多。走到公共汽车站，一辆车刚开走。等了十几分钟，没有车来，又继续往前走。

一路上或大踏步，或迂回，或跳远，躲开水坑。五十多分钟，一身臭汗，终于走进医院大门。大门后是一个露天大院，对面是住院大楼。松了一口气，走上一个小坡，没发现上面有一层薄冰。四脚朝天，摔在地上。一阵眩晕，左手腕一阵剧痛。马上知道，骨头断了。

慢慢爬起来，看看左手腕，桡骨断成两截，两端从皮肤下突起，左前臂就像一个颈部向后扳成九十度的匙子。

老中优良传统。手腕摔成这副模样，首先想到开后门。捧着扳弯的匙子，到病房找到外科 fellow 保罗，问他认不认识骨科医生。保罗马上打电话，和骨科医生说好，要我马上到急诊室。

我本想开后门，直接到病房住下。既然要到急诊室，我还找你干什么？回头一想，别人找我开后门，我也

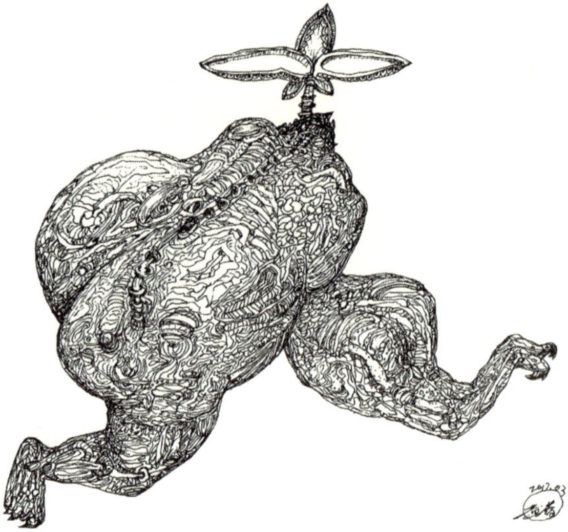

让病人先到急诊室，查清楚，再决定是否住院。

器官移植室所在大楼距医院主楼还有几个街口。坐出租车到急诊室，先登记。登记的人问题一个接一个，一个刚回答，又来下一个：姓名？生日？有什么病？对什么药物过敏？……像是审问犯人。我忍不住狠狠盯了她一眼。看见一个五十多岁的女士，两只手不停敲键盘，鼻尖冒汗，脸色匆忙又带点惶恐。我骂了自己一句：有病。然后对她说："今天肯定是你最忙的一天。"女士笑道："你是第四个骨折病人。" 原来我不是唯一的倒霉蛋，感觉舒服了一点。

登记完，到另一个小房间等候。里面已经坐了十几个病人，不知要多久才能轮到我。一扇门不断打开又关上，穿白衣服的人进进出出。每个人出来，几双十几双眼睛都投过去，似乎羡慕他们的健康，有能力解脱他们的苦难，至少可以让他们少等几分钟几小时。那些穿白衣服的人，可能也在羡慕这些候诊病人。他们只需要等待别人来照顾，没有那么多紧迫的事情等待他们。

等了五六分钟，就听到叫我的名字。看来后门还管用。

先拍照片。然后一个实习生来看我，说先打石膏，然后再照片。如果打石膏后不能复位，就做手术。

打完石膏照片后，实习生告诉我要做手术。接着骨科医生来看我，签字。麻醉师来看我，签字。然后昏昏沉沉睡去。醒过来时，已躺在术后观察室。从早晨九点半左右到急诊室，下午四点结束。实习生、骨科医生、麻醉师是什么模样，只有一点模糊印象。知道他们年轻，精力充沛，礼貌，面面俱到。虽然不了解他们，但我信任他们，听任他们折腾。

骨科医生问我想在医院待一晚还是出院，我说出院。他问我住在哪里。答住在家庭旅馆。他说不能让我一个人回旅馆待，最好在医院住一晚。

很想离开医院。想想要照顾骨科医生的情绪，还是待一晚吧。

推到一个有四张床的病房。三张床上的病人，都是七八十岁，两张床上有支架滑轮，大概是股骨骨折。我旁边床上的病人，白胡子拖到胸前，看起来像古巴领导人卡斯特罗。病房里灯光昏暗，一股腐肉味时隐时现。

已被剥得只剩下一条内裤，外面套一件病号衣，后面的带子没有拴上。

躺在床上昏昏沉沉，没有什么感觉，没有喜怒悲欢，没有动机做任何事情。想起实习时，一个主治医师总是要病人起床活动，说躺一两天就足以使关节僵硬。我想自己就这么躺一两天，没有病也会感到有病，没有病也躺成了病人。周围的世界一片混沌，我并不在乎。

混沌了不知多久，一个登记护士（Registered Nurse）进来，问询填表。护士白衣白裤，个子高挑，脸蛋白皙，手臂如宝钗一般丰腴。美女来自我作fellow的城市，老乡见老乡，两眼泪汪汪。美女好像不怎么忙，填完表，仍然坐在床边，和我东拉西扯。身上飘出一股淡淡的香味。

早知如此，干脆把两条腿也摔断，在这里待上半年一年。

正在想入非非，美女说，她明天就要和丈夫出去旅游。

美女走了，又进来一个护士，资深美女牌照实践护士 (Licensed Practical Nurse, LPN)。她端着一盆水，拿着一块香皂，手臂上还有一块毛巾。

我问："做什么？"

“清洁你的身体。”

我脑中冒出几个熟悉的镜头。查房时不小心窜进一个关着的门，扯开一个帘子，一个赤条条肥胖或瘦骨嶙峋的身体背对着我，护士正在用毛巾从脖子往下擦。盆子里泡沫翻滚。

风水轮流转，今天该我享受。

我对 LPN 说：“我早晨才洗了澡，不用清洁。”

她高兴地转身而去。

一天没有吃饭，我按铃，问护士：“能不能送点饭来？”护士说要先问医生。

十几分钟后，护士回来：“医生说，如果有肠鸣，你可以吃流质饮食。”她在我肚子上认真听了几分钟：有肠鸣。

我说：“当然有肠鸣，我做的是手臂手术，不是肚子手术。”

过了半小时，护士端来食品。泡沫盒子里有几根指头长的面条，泡在 100 ml 清汤里。一看就知道是来自批发店 Costco 的罐头。从来没有吃过味道这么鲜美的面条，吃完了更饿。

又是半小时过去，膀胱膨胀。厕所在斜对面。拖着输液架子，光着脚走了几步，地上黏黏乎乎，背上、臀部凉风悠悠，丧失了长征的信心。拿起床边的尿壶，把帘子扯上，只遮住大半。偷偷摸摸，挣扎了几分钟。

夜晚，鼾声此起彼伏。旁边的卡斯特罗每隔二十分钟就“啊！啊！”惊叫两声。

早晨五点左右，终于昏昏入睡。六点钟，护士来考体温查血压脉博。六点半，实习生来查房。七点半，骨科医生来查房。

八点钟，我问护士什么时候可以出院。护士说，等到查房完毕，讨论后才知道。

我说：“八点半我就要出院，不管他们讨论不讨论，不管他们讨论的结果是什么。”

九点钟出院，来到二楼餐厅，买了两片薄煎饼，两条小香肠，一份炒鸡蛋，一杯橘子水。胆固醇就不用担心了。

被心绞痛病人抱怨

一天上午，急诊室医生打电话，说有一个我以前的病人，因胸痛来急诊室。现在胸痛已经消失，他准备让病人出院。但是病人要求我去看一看她。

我说，我正在忙，不可能去看她。可以送一张会诊单给我，我尽早在门诊看她。

一个月以后，医院院长来到我办公室，给我一个大信封。说一个病人到医院办公室抱怨我，要我几天内答复。

信封里的材料是病人抱怨的记录及医院调查结果。我把那些材料读了一两遍，再从计算机上找到病人的材料，研究了一番。

病人雷诺兹太太，六十多岁，差不多两个月以前心肌梗塞，我把她收入院。一个星期后做了冠脉造影。右侧冠状动脉（Right Coronary Artery, RCA) 近端 80% 阻塞，安放了支架。左冠脉前降支 (Left Anterior Descending Coronary Artery, LAD) 近端 60% 阻塞，没有安放支架。其他冠脉正常。

出院以后，病人继续发生胸痛，十天内来到急诊室三次。第一次到急诊室，用了硝酸甘油，胸痛消失。急诊室医生让她出院。几天后胸痛加剧，又来到急诊室。胸片发现肺部有可疑阴影，怀疑是肺炎。开了抗菌素后出院。几天后又因为胸痛来到急诊室，同第一次一样，用了硝酸甘油后，胸痛迅速消失。急诊室医生再次让她出院。这时候，她要求我去看她，被我拒绝。

每次到急诊室，心肌酶都正常，心电图没有发现新的异常。

两天后，雷诺兹太太胸痛再次发作。她女儿开车几个小时，把她送到附近大学医院的急诊室，被收入院观察。观察了几天，胸痛加剧。心血管医生查房时，她哭着要求赶快做冠脉造影。当天做了冠脉造影，发现左冠脉前降支近端 70% 阻塞，安放了支架。以后雷诺兹太太胸痛完全消失。

她抱怨的是她有如此严重的心绞痛、冠心病，我居然把她拒之门外。

我写了一个答复：

1. 我对于雷诺兹太太深表同情。希望这种事情不要再发生。

2. 在这个事件中，我没有任何责任。急诊室医生已经让病人出院，并没有要求我去看病人。我不可能因为一个病人的要求就马上去看病人，否则我就不可能正常工作。

3. 急诊室医生的处理也没有错。冠心病病人入院标准有三个：不稳定性心绞痛（Unstable Angina)、非 ST 段上抬心肌梗塞及 ST 段上抬心肌梗塞。 病人几次到急诊室的症状，更像是 一般心绞痛，没有入院的指征。病人十天内三次心绞痛发作，也可以说是不稳定性心绞痛。但是病人每次到急诊室，医生不是同一个人，很难把几次发作连在一起。此外，第二次到急诊室，怀疑是肺炎，也可能不算心绞痛。

4. 病人第一次冠脉造影及处理，也给以后的诊断带来困难。左冠脉前降支近端 60% 阻塞，没有安放支架。以后病人发生心绞痛，治疗她的医生会问：病人的心绞痛究竟是那 60% 阻塞所引起还是新的阻塞所引起？

如果是老的阻塞引起，既然第一次没有安支架，有没有必要再把病人送去做冠脉造影？

5. 病人第二次冠脉造影，发现左冠脉前降支近端 70% 阻塞。究竟是阻塞发展得更严重，还是和原来的阻塞一样？

6. 医生诊断，只能靠病史、体检、化验、图像及心电图等，这些手段都不可能保证 100% 正确。医生自然应该非常谨慎。即使如此，雷诺兹太太这种事，也不可能完全避免。

把答复送上去，第二天公关秘书打来电话，说她只能给病人如此交代了。问我是不是和病人谈一谈，让她好受一点。我想了想，拒绝了。完全不是我的责任，我和她谈什么？我既不能安慰她，也不会承认我有什么错误，甚至不能保证这种事情不再发生。而且我有点恼怒。三个急诊室医生让她出院，而她的抱怨竟然是冲着我来。

事后想一想，也许病人在住院期间，我对她不错，当时她把全部希望寄托在我身上，对我的失望化作了满腔愤怒。我告诫自己，以后多加小心，多问几句，尽量避免发生这类事件。

昏迷分数（GCS）

一

病人斯图尔特先生从附近大学医院转过来。病人住在我们医院附近，他和家属都想离家近一点。

查了一下他的资料。病人七十多岁，在医院进进出出，所有的常见病他都有：糖尿病，高血压，肺心病，心衰，心房纤颤，中风，冠心病……常年服用二十几种药物。两个多月以前，他因肺炎入院。入院后两三天，突然没有反应。由于没有反应，做了气管插管，上呼吸机，以“保护病人的气道”。当时病人的生命体征正常，没有气道堵塞、呼吸衰竭的迹象。

插管后，很长时间无法撤掉呼吸机，后来做了气管切开术。术后三星期，终于撤除呼吸机，病人通过切口的插管呼吸。

我需要做的事，就是逐渐缩小插管的尺寸，然后把插管出口盖上，看病人能不能通过鼻腔呼吸。如果能够，就拔掉插管，让病人回家。

读着以往的记录，我想：如果当初观察一两个小时，确实有呼吸衰竭或气道堵塞迹象时再插管，结果会怎么样？一是病人最终还是得插管；二是病人不需要插管，几小时后清醒过来，几天以后出院，从而避免随之而来的痛苦，避免花掉一大堆纳税人的钞票。

气管插管、呼吸机挽救病人的生命，也会引起很多不良后果，比如循环干扰、肺部损伤、呼吸肌无力甚至萎缩、细菌性肺炎等，此外还有咽喉创伤、瘢痕、狭窄，长期呼吸困难。

挽救生命显而易见，不良后果则容易忽视，或认为是不可避免的。

二

一天，急诊室医生兰伯特医生呼叫，说有个病人，昨天嗜睡，今天早晨发现没有反应。格拉斯哥昏迷指数（Glasgow Coma Scale, GCS）是6。

我马上问："需要气管插管？"

"不！"兰伯特医生好像不明白我为什么问这个问题。

我再问："肯定没有必要气管插管？"

"完全没有必要。"

我还是不那么肯定。

GCS 6 足以让我心惊肉跳。

GCS 在 1974 年引入，作者是格拉斯哥大学神经科教授。GCS 根据肢体运动、眼睛运动和语言打分，肢体、眼睛能够自主运动，说话清楚是满分 15；眼睛、肢体没有任何活动，完全不能发声，是最低分 3 分。GCS 6 分，表示病人完全没有眼睛运动，不能说话，肢体受到疼痛刺激时收缩。

GCS 最初用于判断脑外伤病人大脑功能障碍及昏迷严重程度，以后的应用远远超过这个范围。其重要应用之一，是帮助确定是否需要气管插管。GCS 低于 8，应该做气管插管，以"保护气道，防止吸入性肺炎"。

GCS 低于 8，脑外伤病人往往缺氧，气道阻塞的可能性增大。气管插管也许有必要。其他病因引起的神经系统反应低下，即使 GCS 低于 8，也不意味着血氧低下、气道阻塞、呼吸衰竭。

Uptodate 相关文章的作者 Calvin A Brown 写道：总的说来，与咽反射（Gag Reflex) 比较，GCS 低于或等于 8，是气管插管更好的指征。

依据来自 1993 年的一篇文章。文章报道，中毒病人， GCS 等于或低于 8，对于判断是否需要插管，敏感性是 90%，特异性是 95%。敏感性计算方法是，有 41 个病人插管，其中 37 个 GCS 低于或等于 8，作者以此算出敏感性 90%（37/41）。作者的逻辑是，因为那 37 个病人插了管，所以就证明了他们需要插管。没有其他证据证明，这些病人确实需要插管。文章总结说： GCS 低于或等于 8，对于决定是否插管，是很有用的指标，但必须和临床情况结合。

GCS 应该是一个“很有用的指标”，而不应该是一个绝对指标。

上文 37 个 GCS 低于 8 的病人，如果不插管，结果会这么样？ 2009 年有一篇报道，71 个中毒或酒精中毒病人，12 个病人 GCS 等于或低于 8，没有一个做了气管插管。作者认为，仅仅是 GCS 一个指标，不能可靠地预测病人是否失去气道反射，是否有吸入的危险。

Fulton et al. 等认为，不应该推荐 GCS 作为判断中毒病人是否插管的指征。

GCS 低，吸入性肺炎的危险增加。巴黎 Fré déric Adnet 等根据胸片判断，GCS 高于 8 低于 15，吸入性肺炎发生率 14.7%；GCS 低于或等于 8，发生率 45% 左右。后者如果都插管，一半以上的病人就平白无故被插管。此外，为了防止吸入性肺炎，是否值得以呼吸机引起的不良反应，包括肺炎为代价？

一旦上了教科书，一旦成了惯例，一旦在大部分医生头脑中生了根，你要不执行，就可能是在玩火。医生们常常说：99 次 999 次你都正确，但是错一次，你就完蛋了。你是宁肯矫枉过正 99 次 999 次而避免一次对你的致命打击，还是按照你的良心、你的“科学态度”去做，同时准备受一次致命打击？你是否受得了一次致命打击？

三

兰伯特医生行医几十年，检查病人仔细而系统。我搞不懂他在急诊室，怎么会有那么多时间。听他介绍病人病情，我可以得到一个完整而清晰的图像。即

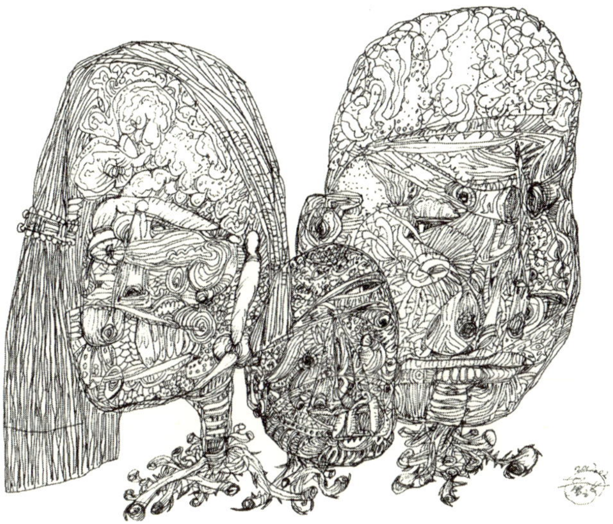

使不在现场，应该怎么处理，我也很有把握。虽然有时候，我并不同意他的诊断或处理。像大多数急诊室医生或者大多数医生一样，兰伯特医生有过高估计病情的倾向。而且他比不少医生更小心翼翼。如果他说病人不需要插管，几乎可以肯定，病人确实不需要插管，即使 GCS 是 6。

虽然如此，我还是不放心。处理完手边急事，便赶到急诊室。

病人是一位六十九岁的老太，多种疾病缠身。体检如兰伯特医生告诉我的一样，生命体征正常，不能说话，翻开眼皮不见眼睛移动。四肢没有动静，在小腿上掐一把，整个下肢往上缩。化验正常，头部 CT 没有发现中风。

看看病人呼吸平稳，没有一点阻塞或困难的迹象。这样的病人插管“保护气道”，实在有点荒唐。我想了半天，决定暂时不插管，把病人送到 ICU。特别告诉护士，观察勤一点，一有动静就呼叫，一有呼吸困难的迹象就插管。

一晚上没有呼叫，总有点不踏实。

早晨查房，发现病人已经清醒，抱怨咽喉痛。找耳鼻喉科医生会诊，说是咽喉水肿，可能是病毒感染。会诊报告还说，他几年前就看过这个病人，病人有严重的听力障碍。

病人大概是患了严重的咽喉炎，无法说话，或不想说话。听力不好，你对她说什么，自然没有反应。除非你掐她一把。

如果我给病人做了气管插管，我大概永远找不到答案。插管后，如果运气好，几天后就拔管。运气不好，肺炎、拔管困难、气管切开、咽喉瘢痕狭窄…… 即使如此，我也会非常自豪。GCS 6，我当机立断，果断插管，保护了病人的气道，挽救了病人的生命。

两个肺结核病人

在国内实习时，最可怕的疾病似乎就是肺结核和乙肝。算我运气好，或者运气不好，没有去结核病房实习。

结核病房在一个单独大院里，周围是高高的红砖墙。每次路过，远远望去，似乎上面的空气都漂浮着结核杆菌。

肝炎病房有两三栋平房，和住院大楼隔很长一段路。医生上班穿白衣服，袖子挽到肘关节上面。冬天也是如此，虽然南方室内没有暖气。查完病人后，先用肥皂、冷水冲洗，然后在过氧乙酸里泡。

乙肝通过血液及体液传染，肝炎病房的医生对液体有神经质的恐惧。一天，一个病人不小心把脸盆的水溅了一两滴到一个进修医生的手上。进修医生破口大骂，骂得病人痛哭流涕。

美国加拿大大部分医生，对于血液也有根深蒂固的恐惧。纽约州法律，检查病人必须戴手套。在纽约习惯了戴手套，刚到加拿大，看见那些护士不戴手套就在做静脉插管。有时候血液流出，护士也很不在意地擦掉。我忍不住问：你们怎么不戴手套？

纽约艾滋病、乙肝丙肝太多。在加拿大，至少小城镇没那么多。这大概是护士不那么小心翼翼的原因之一。

作 fellow 时，收过一个结核病人。病人在安大略省做了结核检查。检查结果还没有出来，他就离开了。后来发现是阳性。警察跨省追踪，找到这个病人，把他带到医院。他住在负压病房。所谓负压病房，是病房抽气机把房间外的空气向内抽，这样病人呼出的气体不会污染外面。每次去看病人，在病房外间戴上密封口罩、帽子、手套，穿上隔离衣，进去走过场问几句话，马上退出病房。治疗了两个星期，警察把病人护送回另一个省，由当地医生监视治疗。

几年以后，又收了一个肺结核病人。

病人是原住民，四十出头，努纳武特的居民。受雇出海捞虾。上船后第二个星期，病人开始拉肚子，此外还咳嗽，偶尔咳一点血丝。病了一个星期，渔船靠岸，病人被送到急诊室。

急诊室查血常规电解质。因为病人咳嗽咳血，做了个胸透。发现右肺上叶一个大空洞，直径 6.6 CM。

急诊室医生给我打电话时，可以感觉到他的声音在颤抖。

多年没有和肺结核打交道，一旦碰上，真让人恐惧。

病人已被隔离起来。我戴上口罩去问病史查体。病人个子矮小，瘦骨嶙峋，上排牙齿缺了几个。现在很少看到这种营养不良的人，穷人都成了胖子。病人说不出什么病史，说他妈妈好像有过肺结核。他自己小时候也患过肺结核，每个星期注射一次药物。现在没有什么结核症状，偶尔咳点血丝，没有潮烧盗汗。

把他收进医院，单独住一个房间。病人要抽烟。我最初不同意，不想让他在医院里走来走去。病人烦躁起来。护士害怕，打电话来说，不让他抽烟，闹起来更麻烦。保安也不愿意去阻拦他。我只好同意，但要求他出门时必须戴口罩。

病人很可能患过肺结核，但还不能肯定是不是活跃性结核。赶快做呼吸道分泌物结核菌涂片及培养，进行结核皮试。还要做胸部 CT，看看空洞是不是与气道相通。

虽然没有确诊，也上抗结核药。四种药物一起上。

医院传染病办公室的护士比我还忙。在病人房间外贴出隔离细则，和省里公共卫生部门联系。病人上午十点左右收进医院，晚上七点，涂片结果出来，是阳性。省里建议把病人转到有负压隔离房间的医院。

第二天上班，知道结果后，开始打电话转病人。病房的气氛与往日不同，护士有点惶恐不安。护士长问了我几次有什么计划。打了几个电话，下午一点，终于把病人转走，所有人似乎马上松了一口气。

与此同时，省里公共卫生部门正在处理渔船上的人。打鱼打虾就是抢时间。官僚们最初同意渔船出海，回来后再做皮试。大概怕他们不再回来，又改变了主意。要船上每个人先做皮试，根据结果再决定如何处理。结果出来以前，他们只能待在船上，不能上岸。

一个同事曾经在津巴布韦义务行医多年，听到我们大惊小怪，她说：津巴布韦至少百分之二三十的人都有肺结核。病人来看病，到处咳嗽，从来不戴口罩。她自己也不戴口罩。

鼓励的力量

同事度假，转了一个病人给我。

病人奥斯卡， 四十多岁，一天，旁人发现他躺在路边，昏迷不醒。救护车送到医院，做了气管插管。以后无法拔管，做了气管切开。一两个月后，终于拔掉插管，自主呼吸。由于插管太久，造成吞咽困难。又做了胃插管手术（Percutaneous Endoscopic Gastrostomy, PEG），通过插管进食。奥斯卡四肢基本瘫痪，只有手脚可以做一些曲伸活动。头部 CT 没有发现异常。病人主要的问题是常常高烧、腹泻，低血压，血液培养反复发现细菌。

奥斯卡的名字听起来熟悉。查了一下，奥斯卡有糖尿病和抑郁症，几年前我曾收他入院一次。那一次他吞服大量安眠药。几个月后，同事又把他收入院。

这一次是注射大量胰岛素。

奥斯卡的抑郁症，精神科医生有详细记录。奥斯卡小时候受过性虐待，成人后求职求学累受挫折。这些记录使人压抑，看不出奥斯卡有多少希望。抑郁症的发病机制之一，是中枢神经系统突触间隙的神经递质五羟色胺、去甲肾上腺素和多巴胺减少。药物可以增加这些神经递质，但无法改变病人的经历及生活环境。

对于不少企图自杀的病人，我常常感到矛盾：一方面同情他们绝望的人生；另一方面，不少所谓自杀病人，往往是生活中有点不如意就要服药自杀。有的服药不到一个小时，就大呼小叫他们服了药，于是家人或朋友赶快呼叫救护车。送到医院，医生护士又是一阵忙碌。这种自杀，常常是成为注意中心的一种方法。他们所能得到的并不多，而社会为此付出的代价却不小。

对奥斯卡而言，当务之急是要稳定他的病情，控制感染、腹泻。

奥斯卡的模样，唤不起一点熟悉的感觉。头发掉了三分之一，额头突出，苍白的脸又宽又扁。长相平平，不能给人留下什么印象。奥斯卡总是处于半睡眠状态，和他说话，没有什么反应，只是含含糊糊重复几个简单的句子。上肢水肿，大概是输液漏出。整个人躺在床上，没有声音，没有动静，没有多少生命气息。我怀疑，他会一天一天衰弱下去，然后无声无息地死亡。

不管他的预后如何，我只管尽我的责任。治疗感染比较简单，根据血液培养/敏感性结果选择抗菌素就行。液体平衡有点为难。奥斯卡上肢水肿，似乎应该出大于入，以减少水肿。但是病人血压低，可能的原因之一是腹泻脱水，应该入大于出，我决定搞中庸之道，量出为入，出稍大于入，只要血压不继续下降。

病人反复腹泻。每次腹泻发生，就停止胃管进食。我告诉营养师，不管病人是否腹泻，不要停止胃管进食。一方面，病人需要营养，才能帮助恢复，才有抵抗力；另一方面，我并不认为胃管进食会引起腹泻。胃管食品都是些半流体，小分子，不是地沟油火锅，引起腹泻的可能性不大。用进废退，胃肠道长久不用，就可能丧失功能，一用就腹泻。坚持使用一段时间，胃肠道逐渐恢复功能，腹泻也可能减少。

一两个星期里，病人仍然时时腹泻，查不出原因是什么。长期住院，特别是长期用抗菌素的病人，容易引起难治型梭状芽孢杆菌（Clostridium Difficile）感染、腹泻。查了几次，也没有发现梭状芽孢杆菌。营养师在给病人进食的同时，还每小时用 50 ml 水冲洗胃管，同时补充水分。从理论上说，50ml 水 / 小时不应该引起腹泻。虽然如此，我把 50ml 水 / 小时 改为每四小时 50ml 水。后来，腹泻停止。

两三个星期后，低血压变成正常血压，感染、腹泻基本控制。下一步，我希望奥斯卡说话、饮食、肢体活动尽量接近正常。这大概比治疗感染、腹泻更困难。首先得提高他的情绪，让他有动力。

出于职业习惯，每次查房，我总是会做出一副微笑的样子。对奥斯卡做出一副熟人朋友久别重逢的模样。不管他是否在听我说话，能不能听懂，总要说几句鼓励的话。最初一两个星期，奥斯卡没有什么反应。慢慢地，奥斯卡也以微笑回报，似乎听懂了我说的话。他的微笑越来越多，常常点头，重复我说的话。他的表情，不再那么呆板、毫无生机。我发现他的微笑很真诚、单纯，不禁开始喜欢他。每天和他说话的时间更多。在床边分析他的病情，虽然他不一定能听懂。说他有希望恢复，鼓励他和护士、理疗师、语言治疗师（Speech Language Pathologist, SLP）配合。

病人不能整天躺在床上不动。我要护士每天把病人搬到椅子上，坐在窗前。其次是活动他的肢体。我不清楚他为什么四肢瘫痪，也许是入院前脑缺氧。理疗师曾试过几次，活动病人肢体，最后放弃。说病人根本不合作。我对理疗师说，病人现在能够交流，可能会合作，再去试试。以后，奥斯卡每天都接受理疗。

又过了一个多星期，我决定再碰碰运气。我告诉SLP，再检查病人能不能经过口腔进食。SLP做了一个钡餐透视，钡剂顺利进入胃里，没有进入气道。SLP当天先让奥斯卡喝水，第二天开始经口腔喂药喂食品。SLP问我，是不是要停止胃管进食。很多时候，我嫌SLP太保守，很久不让病人吃东西。这一次，我倒是担心SLP太积极。奥斯卡一下子就吃太多，会不会呛住，导致吸入性肺炎。如果发生吸入性肺炎，奥斯卡的病情又会迅速恶化，一切又得从头开始。我把胃管进食的速度减少一半，告诉护士不要喂太多太急。每次喂食，一定要把上半身抬到45度。如果第一天顺利，第二天再增加喂食量。

两天以后，停掉胃管，奥斯卡吃东西没有问题。他的脸色出现一点红润，情绪似乎也不错，手脚活动的范围也好像增大了些。

这些改善都是些微小的改善。不清楚是他本来就会改善，还是我的鼓励起了作用。奥斯卡这样的人，不仅需要药物治疗，也需要人注意、倾听、鼓励，可惜大部分人，包括我自己，不会在他身上花太多时间。

奥斯卡没有什么大问题，我把他转给住院医师洛佩兹医生。在转病人的记录上列出他的一系列问题和处理以后，我写道：病人需要尽可能多的鼓励。

过了两天，碰到洛佩兹医生，问他奥斯卡怎样？他说，病人现在的问题，是没有人愿意接受他，他的家人都不愿意收留他，以前的房东早就把房子租给了别人。

奥斯卡的未来并不乐观。医院里一点小小的改善，出院后很可能化为乌有。

我无能为力。

学术讲座的效用

每两三个月，制药公司就邀请医生药剂师参加学术讲座（Seminar, Lecture, CME …… ）。讲座有时在一个餐馆包间进行，更多时候是在家庭旅馆里活动。

二十几个人先在客厅、家庭房间聊天喝酒吃点心，喝得迷迷糊糊，讲座开始。讲完，问答完毕，开始上菜，再侃大山。晚上十到十一点左右，灌一杯咖啡或爱尔兰茶，稀释血液中的葡萄酒，然后带着小半碟知识回家。回到家想跳一跳波斯尊巴，烧掉一点超标的热能，可惜 肚子太胀，只好作罢。

大厨往往是老板或老板娘，只会做几个家常菜，这就是特色。端出的点心常常是面包块、饼干盖上生鱼片，或者番茄酱。还有好市多（Costco）的春卷、菠菜奶酪烤饼。据说好市多的商品质量都高，至少炸春卷的油不是地久天长，没有炸焦的面粉臭。

季米特洛娃大夫身高一米五四，体重四十二公斤。她咬了半口春卷，皱了皱眉，然后只吃小红萝卜。药剂师沙伦一直和大家聊天，忘了吃点心。看见我端了一盘点心，突然醒悟，也去装了一盘点心。吃完一盘，又去装一盘。我本来下了决心，这是最后一盘。看见曲线优美的沙伦吃得痛快，吃得无所畏惧，我也再去装了一盘。

有一次，来做报告的是坎贝尔教授，他和大家不熟悉，没人去聊天。一个人站在点心桌子旁边没事干，没话说。吃了一根春卷，再吞一个大虾，再咬一卷烤熏肉裹香肠……

近来的讲座，发言人是我敬重的几个心血管教授。

第一个讲座，是关于糖尿病患者高血压的治疗。教授列出了七八种药物的实验资料，声明他并不偏向任何一种药物。从列出的表格看，两种组合药物哌林多普利 / 吲达帕胺（Perindopril/ Indapamide Coversyl Plus）特别醒目，效果好，副作用少。

我问邻座，猜一猜这个制药公司卖什么药？

邻座笑道：Coversyl。

第二个是关于新的抗凝药。抗凝药用于治疗静脉血栓、肺动脉血栓、心房纤颤及预防中风，多年来只有一个耗子药华发林可用。华发林最大的麻烦，是必须经常检查抗凝程度（International Normalized Ratio, INR)。运气好，华发林代谢稳定的病人，可以两三个星期查一次。运气不好，一个星期查两三次。

近几年，批准了几个抗凝药，如达比加群（Dabigatran）、利伐沙班（Rivaroxaban）和艾吡沙班（Apixaban）。新抗凝药最大的优点，就是不需要查 INR。缺点之一是远比华发林昂贵。

随着研究越来越多，临床上使用的时间增长，对新抗凝药的疑问也多起来，主要的质疑是：

1. 无法检查药物抗凝程度。不需要检查 INR，本来是优点，是开发这类药物的动机，好像又成了缺点。

2. 一旦抗凝过度引起出血，没有解药。华发林可以用维生素 K，或者新鲜冷冻血浆 扭转抗凝。

3. 价钱太贵。

4. 出血，特别是大出血的几率超过华发林。

这个讲座，就是针对这些质疑而来。讲座的大意是，不能检查抗凝程度，这不是问题。虽然没有解药，这些新抗凝药作用时间短，一天以后就会过去。价钱正在降低。用的人多，价钱会进一步降低。研究表明，大出血、颅内出血的发生率并不比华发林高。

材料使人信服。教授声明几个新药都有效，相互之间没有进行过比较。他认为任何一个药物都行。

我知道，在这个省，官方只批准了一个药，或者说只给一个药出钱，那就是达比加群。

第三个讲座是介绍新药奈必洛尔（Nebivolol）。这一次，教授特别痛快，一开讲就说，医药公司花钱让他来讲演，材料都是公司准备的。但是，他列出了两位医生的证词，证明材料经过严格考证。他并没有说，自己对那些材料是否做过一番研究。

估计前面两个讲座的材料，也都是制药公司准备的。

听完这些讲座，我或许不会马上大量使用这些药物，但会比讲座前用得多一些。

通过医生、名家推荐药物、医疗器械，是大公司的传统。吃几顿饭，是小意思。写入治疗指南（Guideline）才是大手笔。不过，现在医疗界和政府卫生部门，对这些指南盯得越来越紧。

现在影响最大、争议最大的，可能是美国心脏病学会 / 美国心脏协会 (American College of Cardiology / American Heart Association, ACC/AHA)2013 年 11 月发表的胆固醇治疗指南[1]：

根据指南，患动脉粥样硬化心血管疾病或者低密度脂蛋白（LDL−C) ≥ 190 的人，都应该用高强度的他汀类 (Statin) 药物治疗；糖尿病患者，LDL−C 在 70~189 之间（大部分人的 LDL−C 都在这个范围），用高强度或中等强度他汀类药物治疗。实际上，只要是糖尿病，都得服用他汀类药物。

指南建议，对于没有糖尿病，年龄在四十至七十五岁、LDL−C 在 70~189 之间的人来说，可使用公式预测十年内动脉粥样硬化心血管疾病的危险性：如果危险性≥ 7.5%，用高强度或中等强度他汀类药物治疗；如果危险性在 5%~7.5% 之间，可以采用中等强度他汀类药物治疗；其他人群，要考虑其他因素，以帮助决定是否需要他汀类药物治疗。对于心衰和血液透析病人，不置可否。

指南建议采用新的公式[2]，估计十年动脉粥样硬化心血管疾病的危险性。

指南引起医疗界和媒体的广泛质疑[③④]，争议最大的几点是：

1. 新的计算方法，过高估计了心血管疾病的危险性。照这个计算方法而服用他汀类的人，其中 50% 十年危险性也许低于 7.5%。此外，选择 5% 或 7.5% 作为治疗起点，没有实验依据。

2. 需要治疗的人群庞大。按照指南及其计算公式，一亿零一百万四十岁到七十九岁、没有心血管疾病的美国佬，三千三百万人十年内心血管疾病危险性 ≥ 7.5%，需要服用他汀类药物。此外，一千三百万危险性在 5%~7.4% 之间的人，也要考虑服用他汀类药物。换句话说，这个年龄段将近一半的人口都需要服用他汀类药物。照这个比例推算，全球 9.2 亿人需要服用他汀类药物。这不是全球他汀化了么？

3. 利益冲突。十五个写作成员，八个与制药公司有联系。这已经好多了。以前的指南写作成员（ATPIII），所有成员都与制药公司有联系。

最热门的他汀类药物是 Lipitor。据 2011 年的报道，其销售总额是 $131 billion， 当年销售额是 $9 billion。2011 年年底， generic 进入市场。预测 2015 年的销售

额是 $3 billion。[5]

我以前对专家、指南总是盲目崇拜，现在半信半疑。虽然如此，大部分时候还是得靠指南，因为我不可能从众多冲突的资料中得出自己的判断。此外，你要不照指南，打官司没人能够替你辩护。

【参考】

① https://content.onlinejacc.org/article.aspx?articleid=1770217

② http://my.americanheart.org/professional/StatementsGuidelines/PreventionGuidelines/Prevention-Guidelines_UCM_457698_SubHomePage.jsp

③ More Than a Billion People Taking Statins? Potential Implications of the New Cardiovascular Guidelines. John P. A. Ioannidis, MD, DSc. JAMA. 2014;311(5):463-464.

④ Experts Reshape Treatment Guide for Cholesterol. http://www.nytimes.com/2013/11/13/health/new-guidelines-redefine-use-of-statins.html?pagewanted=1&_r=0

⑤ Rx Price Watch Case Study: Efforts to Reduce the Impact of Generic Competition for Lipitor. http://www.aarp.org/content/dam/aarp/research/public_policy_institute/health/2013/lipitor-final-report-AARP-ppi-health.pdf

有病无病？

家庭医生推荐来一个病人。推荐单说，病人长期心动过速。我想：心动过速你不会处理？要送到我这里来？再继续读，家庭医生还说：病人十分烦恼，要求看内科医生。

梅丽莎，三十七岁，是救护车上的急救人员。我知道她，但没有打过交道。梅丽莎身高一米七六左右，修长结实，典型的急救人员模样。细长的脸满是皱纹，和她的年龄、身材不相称。上嘴唇往上翻，浅蓝色的眼睛多疑而脆弱。对这样的人说话得小心。

她的抱怨主要是，稍一活动，心跳就加速，血压也降低。但从来没有晕厥，或几乎晕厥（pre-syncope）。家庭医生已做了不少检查，其24小时心电图，心跳平均在60~70，最快120，也说不上特别快特别频繁。化验没有嗜铬细胞瘤的迹象。

偶尔这么一点心动过速，在我看来没有必要追查。我告诉她，我并不认为有什么大毛病，但我可以做一个运动心电图，看看她运动时心跳的反应。此外，可以做一个腹部 CT，排除嗜铬细胞瘤，虽然可能性很小。

做运动心电图时，她的心跳增加得稍快一点，对她这种健康的人而言，可以接受。血压的变化在正常范围。

CT 报告，腹部没有发现包块，但发现右侧卵巢有个泡，建议做超声波。

放射科医生好像总是反应过度。这个年龄的女性，卵巢没有泡才是毛病。既然放射科医生这么说，超声波也不贵，做就做吧。盆腔超声波看不清楚，又做经阴道超声波。还是看不清楚。放射科医生建议做核磁共振。

虽说得防御性行医，这似乎也太过头了。我很想不理睬。又想，最好把皮球踢出去。送了一个会诊单给妇产科医生，专门询问梅丽莎是否需要做 MRI。既然是妇产科医生，他应该足够自信地说不。

一两个星期后，收到妇产科医生的信。他说他认为是良性，但他还是开了 MRI 检查单。

MRI 报告说：完全良性，毫无必要做进一步的检查。

这个放射科医生还不错，没有说很可能是良性，但是建议 PET 进一步确诊。

梅丽莎一直抱怨心跳快，试了一下低剂量的 β 阻断剂美索洛尔（Metoprolol），无效。只好把她推给心血管医生。

路易斯大夫是我敬重的心血管医生，行医二三十年。梅丽莎去了他的门诊后，他在信上说：梅丽莎的心脏根本没有毛病，没必要做任何检查。

信似乎间接责备我大惊小怪。有一次我碰上他，对他说：我就喜欢他这种信，敢这么写信的医生太少。

梅丽莎又来了几次，我终于对她说：我不再安排她的随访。该查的都查了，该试的治疗都试了。我没有办法控制她的症状，但是我至少知道，她没有大毛病。

梅丽莎浅蓝色的眼睛，像是要哭的模样。马上又恢复了正常的神态。

几个月后，在图书馆门口碰上她。我问：近来怎么样？

她说：完美无缺。

看我不相信，她笑起来，似乎笑得很开朗，似乎真的很快乐。

后来读到一篇综述，结论说：对于严重疾病危险性低而有症状的病人，诊断性检查并不能使他们安心，不能降低他们的焦虑程度，或者缓解他们的症状。

梅丽莎的家庭医生、我、妇产科医生和几个放射科医生，都知道她没有什么大毛病，还是把她推荐来推荐去，做这个检查那个检查。一是要保护自己，二是想对她证明，她没有毛病。虽然我们都知道，这没有什么必要。

当我是病人时

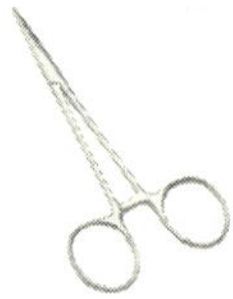

在美国和加拿大，我看过几次医生。

一

施耐德大夫是我的第一个家庭医生，也是时间最长的家庭医生。当时我还在大学里涮瓶瓶罐罐。施耐德大夫六十多岁，头发灰白，长脸，宽额头，尖下巴，脸和手像是用香皂洗得翻白。他没有多少微笑，但平静而温和。说话不紧不慢。我习惯了他的风格，后来才知道，这种不急不躁接待病人的医生，是多么难得。

一年就去施耐德大夫的门诊一两次，主要是年检。根据现在的研究，年检没多大用。

多年来，我有头痛的毛病。或者是无知，或者是回避，一直认为自己的头痛是感冒所致，从来没想到要追究一番。有一天，一个同事偏头痛发作，躺在一个小房间里，关掉所有的灯。我突然意识到，我也有偏头痛。

预约了一个门诊，说我可能有偏头痛。去看病时，施耐德大夫问了我三四十分钟：头痛发作的诱因、位置、性质、强度、持续时间、缓解因素、有没有呕吐……问我中学和大学时是否曾经晕厥，其他亲属有无类似病史。很多细节，我早就忘了，经他一问才想起。问完，他说：我同意你有偏头痛，准备给你开一个药：舒马曲坦（Sumatriptan）。直到现在，我还在服这个药。

偶尔开车时胸痛，虽不典型，总是不放心。去找施耐德大夫，想做一个运动心脏超声波（Exercise Stress Echocardiogram)。他的门诊有个实习生，实习生问诊查体至少半小时。施耐德大夫进来，又问了半小时。然后他说，根据你胸痛的性质及定位，你的胸痛不是心绞痛，没必要进一步检查。

虽然信服施耐德大夫的诊断，还是不完全放心。过了半年，胸痛似乎发作更频繁，又去看门诊。施耐德大夫度假去了，夏普医生顶替。

在房间里等了十几分钟，夏普医生冲进来。一边听我说，一边在病历上记录。听我说了几句，就说：你需要做一个运动心脏超声波。检查单同时也开出来了。又问了几句。所有我关心的事，她都没有漏掉，说话写字迅速果断。十分钟不到，她就消失了。

夏普医生口碑比施耐德大夫好。我认为施耐德大夫是更好的医生，但有时候，我希望碰上夏普医生而不是施耐德大夫。

二

习惯了施耐德、夏普这样的医生，偶尔还要抱怨一下。到了纽约，才知道林子大了，什么医生都有。

到了纽约几个月后，想去洁牙。在电话簿上，找到附近一个牙科诊所。诊所在一栋旧楼里，天花板很高，地板墙壁灰蒙蒙的。走廊和洁牙的房间空空荡荡，灯光灰暗，似乎随时可以闪出一个接头的漂亮女特务。在牙科椅子上躺了半天，牙医终于从什么地方钻出来。看不清他的模样，三十多岁，脸好像呈椭圆形，头发不太干净。他居高临下地看着我，从牙缝里挤出一句：我是 ××× 斯基大夫。然后用三根手指头抓住我两根手指头，摇了一下。

我想起以前碰到的一个脊柱按摩师（Chiropractor），见面也是非常自豪地说：我是×××大夫。脊柱按摩师、牙医、医生助理（Physician Assistant）在美国都不是医生，但人们常常称他们大夫（Doctor)。他们其中一些人在自我介绍时，斩钉截铁地使用"Doctor"，挺起的胸膛，挡不住的自豪感澎湃而出。

×××斯基大夫把一根管子塞进我嘴里，开始洁牙。管子位置不对，洁牙管喷出的水和口水一起，从嘴角流出，流到脖子后面，流到肩膀。老婆给我买的实习生新衬衣湿了一大团。

过了两个星期，这家诊所寄来一张账单。除了保险公司出钱外，我还要出二十多块钱。

我皮毛火燥，给它回了一封信，叙述了一下我的遭遇。然后说，这种服务，我不控告他就便宜了他，居然还有勇气来找我要钱。

过了一个星期，收到回信。里面没有任何回答，只是一张账单。以后，每隔一两个星期，就收到同样的账单。回了他们一次信，告诉他们别指望我会付钱。以后还是一如既往地给我送账单，一如既往地不做任何回答。

纠缠不过，最后还是给他们寄了一张支票。

三

从高中开始，一上课就打瞌睡，一拿起教科书就打瞌睡。几十年过去，我终于怀疑自己呼吸不畅通，脑缺氧，智商低下。在纽约，去看耳鼻喉科。

纽约不少门诊预约只有两个时间，早晨八点和下午一点。你早去几分钟，马上就可以看医生。晚去十分钟，你就可能排在几十个人后面，一直等到十二点或者下午六点。

等了两个小时才轮到我。耳鼻喉科医生是个“老中”，脸宽而扁，六十岁左右。他问我：“什么毛病？”“我的鼻中隔向左偏移。”

你怎么会知道?

我把指头伸进鼻孔发现的。

他拿起耳镜在我鼻子前晃了一下，说：“你需要手术。我给你安排，下个月来作手术。”

说完，他就离开了房间。

整个过程花了两分钟。他连我的鼻子有一个还是

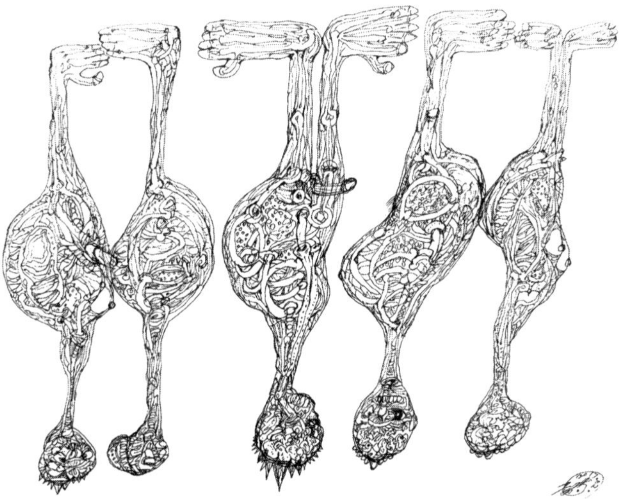

两个孔都没看清，更不用说我的鼻中隔在哪里，有没有偏移。这样的医生，可别给我做手术。

收到保险公司账单，二百多美元。我想起那个俄国佬 ××× 斯基大夫，真是太可怜了。

四

在纽约实习的最后一年，我去找工作。医院的神经科医生，犹太人，问我在什么地方找工作。然后说：你为什么不在纽约找工作？看看那些病人，你绝对不用担心吃官司。一边说，一边给我一个意味深长的微笑。

在中国当医生，是店大欺客，客大欺店。纽约穷人多，大部分时候是店大欺客。

在纽约当医生，也许我将和 ××× 斯基大夫、那个老中耳鼻喉一个德性。

低血糖癫痫

一天值班，正在查房，住院医师呼叫，说他有一个病人连续几次癫痫大发作。听起来像是持续癫痫（Status Epilepticus)。一般癫痫发作， 住院医师可以处理，持续性癫痫，只能由内科医生处理。搞不好就得上呼吸机，转到 ICU。

赶到那间病房。病人海伦三十多岁，癫痫已经停止。她看起来漂亮、狡诈、任性，圆脸上有些雀斑，双眼皮，鼻子上穿个耳环，嘴角下扁。癫痫大发作以后，病人往往昏睡不醒，这个病人也闭着眼睛。直觉她并没有入睡，在聆听我们说的每一句话。病人的母亲在门口，紧张、惊慌。

我决定把病人转入 ICU。

走到护士办公室写医嘱。正在写，学生跑来说，病人又在发作癫痫。我回到病房，发现她身体侧卧，两只手抓住栏杆，眼睛睁开，眼球作圆周运动。我走近一点，把她的眼睛翻开，想看得清楚一点。病人的眼球立即向下移。

走出病房，我对学生说："她可能在装癫痫。"把海伦转到ICU，开始静脉滴注苯妥英钠（Dilantin），加上卡马西平（Carbamezapine）和托吡酯（Topiramate）。半小时后，IUC护士打电话说，海伦又发作了癫痫。她说海伦四肢伸直，手捏成拳头，屏住呼吸，氧饱和度下降。护士是在告诉我，病人是装的癫痫。

护士告诉海伦，正在给她输苯妥英钠。海伦的癫痫马上停止。当晚无事。

第二天，海伦醒过来。回答问题很勉强，表情冷漠、怀疑、敌意明显。我问她是否愿意和精神科医生谈一谈，海伦拒绝。

护士告诉我，每次海伦的母亲、丈夫在场时，病人都要发作癫痫。

第三天，我决定和海伦的母亲和丈夫谈一谈。海伦的母亲看起来像个小学教师，一看就是精神紧张的人。海伦的丈夫是个工程师，在水电站工作，戴一副眼镜，长脸，一副焦头烂额的模样。看着他们，我想：这病人没有癫痫，也要被他们暗示出癫痫。

我对他们说，病人的癫痫，至少部分不是真的癫痫，是装的或者暗示出来的。我建议他们，在病人面前不要做出过分关切的模样，即使病人癫痫发作，也不要惊慌，要淡定。

他们告诉我，海伦第一次发作癫痫，是七八年前在她先生工作的水电站。以后就频繁发作癫痫。水电站地方偏僻，与世隔绝，只有三四十个人。她先生上班去了，说话的人都没有一个。而她习惯了在大城市生活。

ICU 的护士说：她是在操纵，不想回水电站。

下午给精神科打电话，希望他们来咨询，也许有一点帮助。精神科医生说：海伦是癫痫，神经科医生已经有明确诊断，不是精神问题。

放下电话，我在计算机上阅读神经科医生多年的记录。根据描述的症状，一些癫痫显然是假的。神经科医生也怀疑是装病，但最终的诊断是真癫痫和假癫痫混在一起，决定按照癫痫治疗。最初给予三个抗癫痫药，以后减为两个，一段时间没有癫痫发作。神经科医生因此相信是真癫痫，没有任何追踪、检查假癫痫的措施。六年之内，做了五个脑电图、几个 CT、一个 MRI。第一个 EEG 诊断不清，其他检查都是正常。

半年前，海伦转给另一个神经科医生。这个医生的记录中没有一点提到假癫痫。他说脑电图和核磁共振正常，他准备重复脑电图和核磁共振。既然正常，他为什么要重复？他想要发现什么？临床表现有什么新的迹象支持重复脑电图和核磁共振？这个神经科医生总是非常友善，有求必应。他儿子曾经在我这里实习，一方面我喜欢他，一方面对他不满意。

从医生的角度出发，海伦的疾病，诊断为癫痫是最安全和容易的途径。但是，我应该对明显的迹象视而不见？虽然她没有癫痫，每次假发作一次，我就加一个抗癫痫药，或者听任神经科医生加药、做 CT/ 脑电图 / 核磁共振？

以后两天，病人没有发作“癫痫”。海伦的母亲和先生在她面前，表现得比较冷静。海伦看起来情绪不错。我决定让她出院。又给神经科医生打了个电话，请他在短时间内随访病人。

与此同时，我想找一个好的精神科医生看一看她。

好的医生，特别是精神科医生，要耐心倾听，并且问很多问题。不是匆匆问了几句，就开一大堆药。我知道的这种精神科医生只有一个。给他办公室打电话，秘书说他正在看病人，等一会儿才能回答我。过了十多分钟，他的秘书打电话来，说今天不该他值班，不能接受这个病人，要我找值班的精神科医生。

我告诉海伦，两个星期后来我的门诊随访。心想，我真是没事找事。

两个星期后，病人来访。我的主要目的，是和她谈假癫痫的问题。如果她承认，就继续随访；如果不承认，这是最后一次上我门诊。

海伦的母亲也来了。征得病人同意，让她母亲也进来。

海伦看起来和在医院时不一样。人还是漂亮，但看不出一点任性、狡诈的痕迹，倒是像村姑一样温顺、害羞。

她说，出院以后，再也没有发作癫痫，但苯妥英钠带给她很多副作用。

说了几句，我小心翼翼地问，她是不是曾经假装癫痫。

海伦气愤起来，问我：低血糖会不会引起癫痫？

我说：可以。

她说：我就有低血糖。

海伦是有备而来。她拿出一个血糖计，大部分时候，她的血糖是5~6，癫痫入院那一天，血糖是1.5。她说，那一天她昏过去，她的妈妈打911。救护车来到，她母亲告诉急救人员，海伦是低血糖引起癫痫发作，但急救人员并没有检查她的血糖。

海伦又说，第一次在水电站发作癫痫，也是因为低血糖。但当她告诉护士时，护士回答说她是癫痫发作，不可能是低血糖。又说，在ICU时，有一次她感到虚弱，感到血糖降低，要护士检查血糖。护士说，她在床上躺得太久了，所以感到虚弱，没有检查她的血糖。

为什么几个地方的护士、急救人员，一而再、再而三忽视她的话，拒绝检查她的血糖？我自己也忽视了。我曾经问过急救人员到达时血糖多少，回答是没有记录，我也没有再问。护士、急救人员和我都认为她是装癫痫，而忽视了低血糖这个重要的诱因。护士、急救人员大概还不相信她的话，认为她撒谎。

我向她道歉，开了胰高血糖素（Glucogan），以备血糖太低，来不及吃糖果时，注射升高血糖。同时给内分泌医生打电话，请他赶快看这个病人。

几天后，海伦做了72小时饥饿实验，120分钟，血糖低（3.1 mmol/L），胰岛素仍然高（263 pmol/L）。海伦患胰岛素瘤。胰岛素瘤发病率百万分之四。

事后再来想海伦的病例，两个问题总是想不通：

她怎么知道低血糖会引起癫痫？ 还买了一个血糖仪？

根据我的观察，她确实有装癫痫的时候，她装癫痫的目的是什么？

她不再是我的病人，这些问题永远没有答案。

不能耐受所有药物的糖尿病人

家庭医生送来一张转诊单，病人糖尿病无法控制。

一般的糖尿病，家庭医生可以处理。困难的糖尿病是内分泌的事，但内分泌至少要等半年。我决定看一看这个病人。

病人凯瑟琳，四十一二岁，牙齿掉了一两颗，没有补上。头发稀疏，有点凌乱。身高一米五二左右，肥胖，肚子特别突出。圆脸，看不出喜怒哀乐，好像不在乎她自己的病。

这种病人在我看来，是那种文化低、不遵医嘱的病人。这也许是她糖尿病难以控制的主要原因。

问病史查体：她患骨性关节炎（Osteoarthritis）、关节痛，后背痛，使她无法锻炼。有轻微的慢性阻塞性肺病（COPD）。有十几年的糖尿病，这个年龄无法判断她是 I 型还是 II 型。凯瑟琳平时血糖在 20 以上，糖化血红蛋白（HbA1c） 12~14。不管什么型，现在她都需要胰岛素。

凯瑟琳无法耐受任何抗糖尿病药物，除了二甲双胍（Metformin） 250 毫克每天两次。其他药物，都会引起头痛，无力，视力模糊，嗜睡。严重到无法正常生活，更不用说工作了。

我不信会有这么严重、这么广泛的药物副作用。门诊病人不好观察处理，把她收入医院，依次试了几个口服药物：格列齐特（Gliclazide）、西格列汀（Sitagliptin），并增加二甲双胍剂量。不行，又试胰岛素。把诺和灵（Novolin） 和优泌林（Humulin) 各试了短效和速效。世界上的胰岛素市场被两大公司垄断，一个是诺和诺德公司（Novo Nordisk），生产诺和灵系列，长效中效短效速效，以及中效短效混合制剂（70/30 USA，30/70 Canada)；另一个是礼来公司（Eli Lilly and Company），生产优泌林系列。

病人反应严重，用消炎镇痛镇吐药泰诺（Tylenol）、萘普生（Naproxen）、茶苯海明（Gravol），没有一点用处。只好停药，让她出院。给家庭医生写了封信，说我不再管这个病人。

惹不起，躲也躲不起。家庭医生又送来一封信，说凯瑟琳的血糖总是在25~30 之间，问我怎么办。我有什么办法？ 再次把她收入院，试用速效胰岛素Humolog，从很小剂量开始，慢慢增加剂量。只要能耐受一点也好，总能降低一点血糖。逐渐增加到5单位，一天两次。三天后，凯瑟琳叫停，说她无法忍受。

绝望之际，给内分泌医生莫瑞送了一张会诊单，希望他尽快看病人。

最初预约是半年。给莫瑞医生办公室打了个电话。一个病人取消预约，两个月后凯瑟琳去看他的门诊。

两个星期后，凯瑟琳到我的门诊随访。血糖12~14，对她来说，已经非常好了。莫瑞医生给她开了诺和灵30/70，凯瑟琳没有什么不良反应。

难以相信。我没有给凯瑟琳试30/70。 30/70是短效中效胰岛素的混合品。既然病人无法耐受短效，怎么指望她耐受短效 + 中效？ 此外，在试药的过程中，我的原则是一次试一个药。如果是两个药一起试，出现副作用，我怎么知道是哪一个药引起的？

也许医学有时候就是不讲道理，只管在黑屋子里乱开枪，说不定你就干掉了什么杀手，或者干掉了你的老公 / 老婆。

我把剂量增加一点，过了两个星期，血糖 8~9。我告诉她，不用来看我的门诊了，定期随访家庭医生就行。口述随访记录时，在结尾特别提到内分泌医生莫瑞，非常感谢他治愈了病人。

半年以后，家庭医生又把她送来。30/70 引起不良反应，凯瑟琳无法耐受，停止了 30/70。血糖又回到 20~25。

山穷水尽，我告诉凯瑟琳，我也没办法，听天由命吧。凯瑟琳离开我的门诊，脸上还是那副什么事情都没有发生过的表情。

几个月后，家庭医生又送来一封信，要我至少看一看凯瑟琳，说她几次血糖超过 30。我看她有什么用？但还是决定看一看她。

门诊前，我在计算机上查她几个月的经历。凯瑟琳到急诊室多次，因为高血糖、呼吸困难、嗜睡、头晕、无力、胸痛、头痛、下腹部痛……急诊室查血糖，一般在 25~30，甚至更高。

家庭医生和急诊室医生把凯瑟琳转给内分泌医生

莫瑞，转给过敏医生、呼吸科医生、心血管医生、神经科医生、妇产科医生……..

莫瑞医生写道：他能做的已经全做了。

过敏医生做了过敏试验，花粉、尘螨……

呼吸科医生做了肺功能实验（Pulmonary Function Test)，作了肺部CT、肺部血管造影。

心血管医生做了运动心电图。

神经科医生做了脑电图、头部MRI。

妇产科医生做了腹部盆腔CT，做了卵巢输卵管切除术。

在计算机上看到一个又一个会诊，一个又一个检查。我想起中医老头。有的中医老头是热病专家，他的每个病人都是热病，他都开凉性药；有的中医老头是寒病专家，他的每个病人都是寒病，他都开热性药。你的病治好了，是老头的本事，专治疑难怪症；你的病治不好，则是你的病生错了。

上面这些西医老头非老头开这么一大堆检查，因为这些就是他们熟悉的检查，他们习惯开的检查。不知道其中究竟有几人想过：病人的临床症状体征究竟指向什么疾病？需要哪些检查？他们究竟想要发现什么？能发现什么？这些检查与病人的症状有多少关系？

事到如今，我认为只有我真正知道她的状况。如果我不能解决她的问题，谁也解决不了。虽然别人还会无休止地做一堆又一堆的检查。如果她的糖尿病不能控制，血糖长期20～30，十年以后她将是什么状况？截肢，瞎眼，心肌梗塞，中风……死亡。

凯瑟琳来了以后，我问她：跑过长跑没有？知不知道长跑的感觉？她说不知道。

我说，长跑时，刚开始轻松，然后越跑越累，呼吸越来越困难，越来越软弱无力。一直到了一个临界点，你好像再也不能多跑一步，马上就要趴倒在地上。但是你坚持，坚持。突然，过了这个临界点，你不再那么累，越跑越有精神，呼吸也轻松起来。你一直跑完，你觉得还有精神。

我说，我就是想要你坚持，熬过这个临界点。我准备再次把你收入院，再次使用胰岛素。哪怕你症状再严重，只要你能够忍受，只要你的血压、心率、呼吸、体温正常，我就继续给你注射胰岛素。同时用药物，希望能减轻症状。如果你实在忍受不了，告诉我，我只好放弃。

把凯瑟琳收入院，开始注射短效优泌林，14 单位，

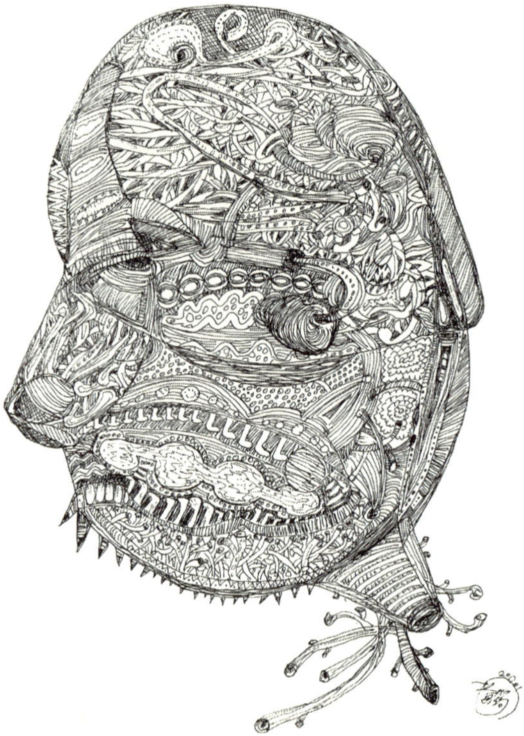

每天三次，饭前半小时注射。我不想惹麻烦，就从小剂量开始。以往的经历告诉我，不管剂量大小，她都会产生不良反应。

第一天没事。第二天开始头痛。第三天头痛加剧，又出现恶心，食欲下降，软弱无力。第四天又出现昏睡，视力模糊。症状一天天加重，凯瑟琳看起来像是白日梦游。每天查房，我问她：能不能坚持？她说：能。

十多天过去。一天早晨查房，以为她还是梦游一般，不知道有没有希望。意外发现她像正常人一样。她说，症状没有了。

我不敢相信：真的成功了？赌注下对了？

几天后，凯瑟琳出院。以后到我的门诊随访几次，调整了几次剂量。白天血糖都正常，5~7。只有早晨的血糖高，10~15。因为她体内早晨没有胰岛素，晚饭注射的胰岛素，早晨已经消失。我问她想不想试一试中效胰岛素。中效胰岛素，晚饭前注射，效果可以持续到早晨。她不肯，我也很犹豫。不成功也就罢了，就怕诱发对现有胰岛素的反应，前功尽弃。以后再也没有机会。

我告诉她，可以试一试睡前注射 6~8 单位短效优泌林。

导尿管

有时候查房，护士问我：要不要拔出 4 床的尿管。我回答，我从来就没有说过给这个病人插尿管，你们为什么那么积极？

尿管、胃管、中心静脉插管、气管插管，任何体内的管道，能不安就不安。但是，或者习惯成自然，或者图方便，很多时候不该插的也插了。

一

周末，该我值班。早晨刚起床，护士呼叫。一个病人今天出院，回疗养院。病人有尿管。护士问我同不同意让病人保留尿管，出院后每个月换一次尿管。

我问：“病人为什么入院？”

“慢性阻塞性肺病急性加重。”

“病人入院前有没有排尿困难？有没有留置尿管？”

“没有。”

我告诉护士：不要急着让病人出院，把尿管拔出，观察病人能不能自己排尿。

四十多分钟后，护士又呼叫，说病人没有拉尿。我告诉她，病人可能是心理作用，在床上用尿壶拉不出尿。可以在床边放一个坐便器，鼓励病人。也可以帮助病人到洗手间拉尿。

护士再问：如果还是拉不出尿，是不是可以插尿管。

我说：只好插尿管了。

电话里传来咻咻笑声。

又过了一个小时，病人拉出尿，出院。

小护士懒惰，走一个病人少一点麻烦，不管病人是不是麻烦。病人一旦留着尿管出院，就是医院的医生决定的，疗养院的医生不会改变。以后这个病人为什么留着尿管，谁也不知道，谁也不会拔出。病人可能从此一生就莫名其妙地插上一根尿管。

这个病人可能一开始就没必要插尿管。如果因为入院时的失误，因为护士想偷懒，就一辈子带一根尿管，更不应该。

二

病人雷蒙德，男，四十多岁。头晕到急诊室，急诊室医生查心肌酶 0.03（正常上限 0.067）。七小时后再查，0.29。病人在急诊室拉不出尿，插了尿管。

急诊室医生呼叫，说病人有急性心肌梗塞。我到了急诊室。病人瘦削，说话急，从一个话题跳到另一个话题，一看就是精神紧张的人。

病人说他脑袋转动时，就感到身体旋转。他的头晕可能是良性体位性眩晕。眩晕查心肌梗塞，也是今天一大怪，见怪不怪。我问急诊室医生为什么头晕查心肌酶，他说查沉默性心肌梗塞。照这个逻辑，街上每个行人都应该逮来查心肌酶。

问了一下排尿史，病人从来没有排尿困难。看看心电图，发现他有心房纤颤。把病人收入院，遥测心电图（Telemetry），诊断：1. 良性体位性眩晕。2. 房颤，一过性心动过速，导致心肌酶轻微上升。3. 排尿困难，精神紧张所致。

第二天心肌酶下降到 0.1。

收入院时，我要护士拔出尿管。晚上，病人排尿困难，再次插入尿管。尿中发现血块。第二天尿中出现大量血液。开始膀胱冲洗。四天内，血红蛋白从 155 降到 105。

赶快给泌尿科医生打电话，紧急做膀胱镜。镜检发现，前列腺肥大，尿道损伤，估计是插尿管所致。出血已经停止，建议保守治疗。

耳鼻喉医生会诊，没有什么需要治疗，建议随访。

两天后出血停止，又两天后拔掉尿管，鼓励病人上洗手间拉尿。排尿没有困难。病人出院，开了两个治前列腺肥大的药：非那司提（Finasteride）——使前列腺缩小，坦索洛新（Tamsulosin）——松弛尿道括约肌。病人虽然有房颤，但是没有抗凝的指征。

这个病人没有查心肌酶的指征。一旦查了第一次，就得查第二次第三次，待在急诊室。如果当时就诊断出良性眩晕，可以随即出院，看耳鼻喉门诊。排尿困难，是因为精神紧张加上前列腺肥大，再加上不习惯床边拉尿。鼓励病人几句，或者让病人到洗手间拉尿，就可能拉出尿来，从而避免插管、尿道损伤出血。

惹出一大堆事。折腾这么久，花了这么多钱，病人除了痛苦，没有得到一点好处。事后，我告诉急诊室医生这个病人在医院的经历，他没有一点反应。

阳性预测值及阴性预测值

一

2014 年，哈佛和 MIT 的几个医学博士、哲学博士、科学硕士做了一个小研究，他们问 61 个医生、实习生和医学生一个问题：假设一个测验的敏感性是 100%，假阳性率是 5%，所测验的疾病发病率是 1/1000，如果测验结果是阳性，被测者患所测疾病的可能性是多大？

正确的答案是 1.96%。只有 14 人答对，大部分人（27）都回答 95%。1978 年有个相同的小研究，11/60 答对，27/60 回答 95%。

问题在于阳性预测值（Positive Predictive Value, PPV)。在很多人包括很多医生看来，只要测验阳性，病人就患所测疾病，即 PPV 是 100%。实际情况远非如此。

二

一天看门诊，拿起一份病历，看见秘书在上面贴了一张条子：抱歉，我刚注意到你要求做运动心电图（Exercise Stress Test, EST），可是我已经约了门诊。

病人已经来了，让她回去不太好。我准备简单问几句，再来安排 EST。

病人六十多岁，看起来心事重重。她抱怨胸痛、上腹部痛几年，紧张、急躁或匆忙时疼痛发作，几年没有变化。一年前，同事做了个 EST，结果正常。几个月前做了胃镜，发现有一个小的食道裂孔疝（Hiatal Hernia），第二阶段胃酸反流。胃肠道医生给她开了抗酸药泮托拉唑（Pantoprazole）。

病人没有其他疾病，不抽烟，不喝酒，没有冠心病家族史，体检正常，化验血脂正常。

我又问："有什么事压力很大吗？"

她的眼睛红了："是。"

"愿意告诉我吗？"

"压力非常大。"她不愿意直接回答。

我说："你的胸痛与心脏无关。根据食道胃镜的发现，而且你在服抗酸药，胃酸反流的可能性也不大。

很可能是紧张所致。”

她说：“我也是这么想的。”我问她是否愿意看精神科医生。她说她要自己应付至少一段时间。接着她说起，她的儿子和她的继夫关系不好，到艾伯塔省工作，在那里也不愉快。他们常常打电话，互相安慰。

我告诉她：不要自己勉强应付，需要帮助还是要找帮助。给了她两个精神科医生的电话号码，又说她没必要做 EST。

送走病人，我想：家庭医生多问几句，就知道她根本没有做 EST 的指征。不过，我也比家庭医生好不了多少。

三

大部分人，包括很多医生以为，只要一个检查结果是阳性，就意味着被测者患所检查的疾病；一个检查结果是阴性，就意味着被测者没有患所检查的疾病。用专业语言说，就是任何检查的阳性预测值(Positive Predictive Value, PPV) 和阴性预测值(Negative Predictive Value, NPV) 都是 100%。

任何检查的 PPV、NPV 都不可能是 100%。如果一个检查 PPV、NPV 太低，这个检查对于诊断没有帮助。一个检查的 PPV 和 NPV 是不是常数，取决于检查的敏感性（ Sensitivity = 检查阳性 / 疾病阳性。 即疾病阳性的病人，检查阳性的可能性）、特异性 （Specificity = 检查阴性 / 没有疾病者， 即正常者检查阴性的可能性）和发病率（Prevalence, pre-test probability，即一组特定的人群，患该病的可能性是多大）。

一个检查的敏感性、特异性可以说是常数，而发病率则因不同的人群而不同。

EST 是诊断冠心病的初步检查。像很多检查一样，EST 也被滥用。原因之一是，不少医生、非医生以为，EST 阳性就意味着病人有冠心病，EST 的 PPV 是 100%。

假设 EST 的敏感性、特异性都是 70%，不同人群发病率不同，导致不同的 PPV 和 NPV，从而影响 EST 的诊断价值。下面举若干病例。虽然是假设的病例，但是在临床中经常碰到。

四

一个小伙子，二十岁，在修车店上班。有一天为了挣表现，一口气换了十几个轮胎。晚上开始胸痛，一直持续到早晨。家庭医生要求做 EST。

EST 的敏感性和特异性假设是 70%。现在最重要的问题是，这个小伙子冠心病的可能性（Prevalence or Pre-test Probability）有多大？

如下表：冠心病的可能性，取决于年龄、性别和胸痛的性质。胸痛分三类：

1. 典型心绞痛：体力活动或心理压力诱发，位于胸骨后，胸痛呈压力感，活动加重胸痛，休息或硝酸甘油缓解胸痛。一般持续几分钟。

2. 非典型心绞痛：带有两三个上述典型心绞痛特征。

3. 非心绞痛胸痛：没有任何心绞痛特征。

这个小伙子的胸痛，是第三类，非心绞痛胸痛。

检查患冠心病的可能性，根据年龄、性别和胸痛性质，可做出预测：

病症 年龄 性别	非心绞痛胸痛		非典型心绞痛		典型心绞通	
	男	女	男	女	男	女
30 to 39	4	2	34	12	76	26
40 to 49	13	3	51	22	87	55
50 to 59	20	7	65	31	93	73
60 to 69	27	14	72	51	94	86

Combined data from Diamond GA, Forrester JS. N Engl J Med 1979; 300:1350; and from Weiner DA, Ryan TJ, McCabe CH, et al. N Engl J Med 1979; 301:230.

根据上表，小伙子患冠心病的可能性是 4%。

如果 EST 阳性，他患冠心病的可能性又是多少（PPV）？如果 EST 阴性，他不患冠心病的可能性又是多少（NPV)？假设有 1000 个这样的小伙子，则有 40 人患冠心病（发病率 4%），其中 28 个 EST 阳性，12 人 EST 将是阴性（敏感性 70%）；960 人没有冠心病，其中 672 人 EST 阴性，288 人 EST 阳性（特异性 70%），如下表：

	冠心病阳性	冠心病阴性	总计
EST 阳性	28	288	316
EST 阴性	12	672	684
总计	40	960	1000

PPV = 阳性中真正有冠心病者 / 所有阳性 EST 检查者 = 28/316 = 8.8%

NPV = 真正正常者 / 所有检查阴性者 = 672/684= 98.2%

这个小伙子如果 EST 阳性，他患冠心病的可能性由 4% 提高到 8.8%。即使是阳性，他不患冠心病的可能性仍然是 90% 以上。如果 EST 阴性，则他不患冠心病的可能性由 96% 升高到 98%。就是不做 EST，也知道他没有冠心病。

发病率（Prevalence, Pre−test Probability) 太低，检查没有诊断价值，因为阳性结果不能确诊疾病。

五

如果发病率高，检查是否有诊断价值?

病人男，五十五岁，近来发现一走路就胸痛。胸痛位于前胸中部，感觉到像是有人站在他的胸脯上，同时感到左臂痛及麻木。他若停止走路，几分钟后胸痛消失。

这个病人患的是典型心绞痛。根据下面表格，他患冠心病的可能性是 93%。

	冠心病阳性	冠心病阴性	总计
EST 阳性	651	21	672
EST 阴性	279	49	328
总计	930	70	1000

PPV = 651/672= 96.8%

NPV = 49/328= 14.9%

对于这个病人来说，即使 EST 阴性，他患冠心病的可能性仍然是 85%。如果是阳性，只是把可能性从 93% 提高到 96%。即使不作 EST，也知道他患冠心病。

发病率太高，检查没有诊断价值，因为阴性结果不能排除疾病。

六

病人女性，六十二岁，偶尔发作胸痛。有时候上楼时发生胸痛，有时看电视时也发生胸痛。胸痛位于胸骨后，像是冒酸。持续几秒或者几分钟，自行消失。

她的胸痛是非典型心绞痛。根据下面表格，她患冠心病的可能性是 51%。

	冠心病阳性	冠心病阴性	总计
EST 阳性	357	147	504
EST 阴性	153	343	496
总计	510	490	1000

PPV = 357/504= 70.8%

NPV = 343/496 = 69%

发病率中等，检查可以大幅度提高 PPV 和 NPV。只有发病率中等者，检查才有诊断价值。美国心脏病学会 / 美国心脏协会的推荐是，只有冠心病发病率中等、有症状者，才应该做 EST。

道理简单，推算也简单，但有多少医生懂这个原则？或者费神去弄懂这个原则？ 中国遍地开花的体检套餐到底想检查什么疾病？ 这些疾病的发病率是多少？检查的 PPV、NPV 是多大？

我喜欢给医学生讲与 PPV 有关的内容。我想让他们知道，别想当然地以为 PPV 都是 100%，检查阳性就是真的有病。检查该不该做，先想一想检查前的可能性有多高。

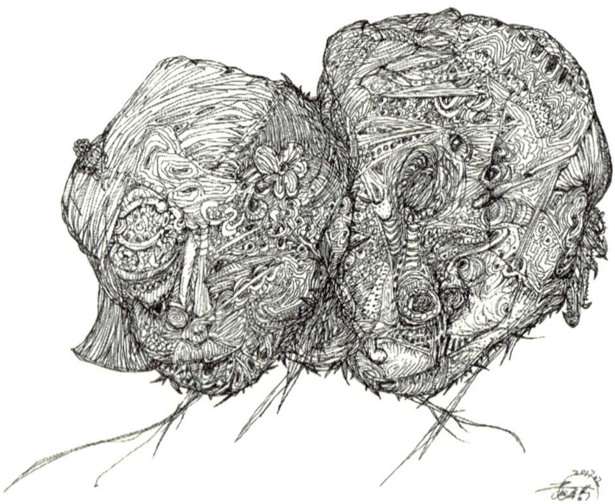

主动脉瓣回流

一天下午，实习生收了一个病人。男，五十七岁，新发现房颤（Atrial Fibrillation, AF)，心动过速。急诊室用 β－阻断剂、钙通道阻断剂无效，又给病人用了胺碘达隆（Amiodarone），心率降到 100 左右。

我去简单问了一下病人，病人否认有任何症状。他看起来肌肉发达，身材匀称，身体健康，似乎有点呼吸困难。我决定把病人收入 ICU，继续静脉滴注胺碘达隆。如果稳定，第二天或第三天就转出 ICU。

心电图看起来是房颤。心肌酶 200 多，正常上限是 34；肌酐 200 多。此外，病人谷草转氨酶（AST）20000 多，谷丙转氨酶（ALT） 15000 多。

心肌酶升高，估计是心动过速，导致心肌轻微损伤。肌酐升高，是因为肾脏血流降低，肾前急性肾损伤

(Pre-renal Acute Kidney Injury)。转氨酶上万，往往是肝脏血液短暂断流或者严重下降所致 (休克肝)。 我不清楚这个病人为什么会有休克肝。心动过速可以导致血压下降，肝脏血流减少，但是不至于下降到引起休克肝的程度。 找不到其他原因，我假设是心动过速所致。

除了继续输胺碘达隆外，我决定复查心肌酶和转氨酶。根据心肌酶高低，决定是否推荐病人作冠脉造影。

那一天很忙，我忘了给病人查体。

当天和第二天白天平安无事。护士说，病人有时候看起来突然发绀，呼吸困难。查房时看不到什么异常。心肌酶升高到 700 多，然后下降到 300 多。转氨酶也开始下降。

晚上八点左右，病人正在打盹，突然发作胸痛，同时嘴唇发绀，呼吸几乎停止，右臂摸不到脉搏。护士和呼吸治疗师赶快给病人上双相呼吸道正压呼吸机 (BiPAP)，同时呼叫值班医生。十五分钟左右，病人自行恢复正常。

值班医生是临时工 (Locum)，赶来后诊断：1. 心肌梗塞导致心衰，心源性休克；2. 休克肝，需要进一步追查。他的措施是：1. 停止输液；2. 开始硝酸甘油静脉滴注；3. 查酒精浓度和对乙酰氨基酚（Acetaminophen）浓度。

第二天查房，我感到值班医生的诊断处理问题太多。

如果真是心源性休克，病人不可能十几分钟就恢复正常。这是突然事件，而不是持续的心衰。胸片显示心脏扩大，但没有心衰肺水肿的迹象。心肌酶稍微升高一点，即使有心肌梗塞，也是很小面积，不至于引起心衰、心源性休克。心肌酶 700，比正常值增加了 20 倍，似乎很高。但大部分心肌梗塞病人，心肌酶成千上万，也没有心衰的表现。心源性休克，治疗就是输液维持血压，并给予强心药物。我不懂他为什么要停止输液，更不懂为什么要给予硝酸甘油静脉滴注，使血压进一步降低？ 此外，既然是休克肝，为什么要查酒精和对乙酰氨基酚浓度？他的逻辑是什么？

病人突然崩溃，原因究竟是什么？我查了下心电监视器，当时病人窦性心动过缓，心率 40，电解质也正常。我假设病人是心动过缓，导致低血压，虽然心率 40 很少引起低血压。此外，病人呼吸困难，我假设是睡眠呼吸暂停（Sleep Apnea)。也许是血压低，也许是睡眠呼吸暂停，低氧诱发心绞痛。

对于这些假设，我并不满意，但找不到更合理的解释。因为找不到合理的解释，总是有点悬。

第三天早晨七点四十五分，ICU 打电话来。八点钟才该我上班接电话，不知道怎么糊里糊涂接了电话。小护士在电话里说，病人突然发生室性心动过速，她马上给病人电击除颤，病人心脏恢复窦性心率。她要我马上到 ICU。

我问：还不到我上班时间，她应该传呼值班医生，为什么给我打电话？

小护士说：只有十五分钟，你必须马上来。

这个小护士很能干。上次我给一个病人输 3% 的生理盐水，医嘱是五小时。晚上十点左右，五小时到了。ICU 另一个护士，问值班的临时工医生，临时工医生要求继续输。早晨我在计算机上发现后，赶快给 ICU 打电话，要护士停止，这个小护士说，她已经停止了。

我赶到 ICU，看了看心电图记录，长长的室性心动过速。ICU 用不着自己给病人电击除颤，可以呼叫蓝色代码（Code Blue）。不过，从蓝色代码呼叫到病人得到电击除颤，五六分钟就过去了，就足以使病人脑死亡，成为植物人。

我给心血管医生打电话，希望他们马上做冠脉造影。我认为室性心动过速是由心肌缺血所引起。这个病人可能还需要安除颤器。

病人转到 CCU，当天作了冠脉造影，冠状动脉正常。但发现左心室扩大，心脏收缩性稍微降低，主动脉瓣只有两叶（正常是三叶），严重主动脉瓣回流，主动脉根和升主动脉严重扩张。病人又做了超声心动图和 CT，证实了上述诊断。

病人接着做手术，换上人工主动脉瓣、人工主动脉根和升主动脉，并把冠状动脉开口移植到人工升主动脉（Bentall Operation）。也安装了除颤器。

我回头再想这个病人，以前想不通的问题，总算想通。两叶主动脉瓣是遗传性疾病，导致主动脉瓣狭窄。长期狭窄，引起左心室扩张，主动脉根、升主动脉扩张。扩张又导致主动脉瓣回流。心动过缓到 40 左右，正常人可以耐受。对于这个病人，心动过缓，舒张期延长，血液倒灌进心脏，引起血压降低甚至没有血压，病人崩溃。病人可能在入院前就有类似发作，导致肝休克。心室扩张，使室性心律失常包括室性心动过速容易发生。

我因为没有查体，漏掉了这个病变。幸好不是太晚。

高敏感性肌钙蛋白

诊断心肌梗塞，最重要的化验是心肌肌钙蛋白（Troponin），敏感性和特异性都在90%以上。具体多少，取决于以什么数值划线。

我所在的医院系统，很长时间用的是老方法检测肌钙蛋白，正常上限是0.067。有时候，急诊室医生打电话，要我收一个心肌梗塞病人。

我问：肌钙蛋白是多少？

答：0.07。

我再问：0.07和0.067有什么区别？

医生总是要和数字打交道，但是不能拘泥于数字。

后来引进新方法，高敏感度肌钙蛋白（High Sensitivity Troponin hsTnI）可以测量微量的肌钙蛋白。新方法hsTnI正常上限，男性34，女性15。

我对于新的测验方法不是特别感兴趣。一个测验方法的敏感性增高，或把正常上限值设得太低，意味着特异性降低，阳性预测值降低，假阳性增加。意味着我的工作量增加，半夜三更多次被吵醒，更多虚惊。

配合新的测验方法，医院系统实验室发布了新的诊断标准：hsTnI 至少测两次。

1. 第一次 hsTnI 高于正常值，第二次 hsTnI（三小时后）变化超过 20%，阳性。

2. 第一次 hsTnI 低于正常值，第二次 hsTnI （三小时后）变化低于 10 ng/L 或 70%，阴性。

标准 2 让我头痛。标准 2 可以理解为：每次结果低于正常值，但是绝对变化高于 10，或者高于 70%，阳性。急诊室就是这样理解的。每次我提出怀疑，急诊室医生就拿出这个标准，我只好认输。我说：我知道这个病人没有心肌梗塞，但是为了保护我的屁股，我今天要把这个病人收入院，明天就让病人出院。

几个月过去，我决定查一查这个标准的依据是什么。冠心病是这里的常见病，整个医院系统，五六个医院用同样的标准，标准应该有指南，或者文献支持。

查了一阵没查到，只有 2012 年欧洲心脏协会、美

国心脏基金会、美国心脏协会和世界心脏联盟的通用定义：[①]

心肌梗塞（Myocardial Infarction）是：心脏生物标志物质（biomarker，最好是 troponin）上升或下降，而且至少一个值高于正常参考值 99% 上限，加上一个下列迹象：1. 临床症状；2. 心电图变化；3. 图像证据；4. 冠脉造影证据。

实验室标准：肌钙蛋白至少有一次超过正常值，加上动态变化，才能诊断是心肌梗塞。

照这个标准，不管几次肌钙蛋白的绝对相对变化如何，只要所有的值都低于正常上限，就不是心肌梗塞。医院的第二个标准，显然与欧洲、美国及世界心血管疾病权威的标准是矛盾的。

医院系统实验室主任杰夫和我有过电邮往来。他曾经对几十个昂贵、没有多少实用价值的化验制定了苛刻的入门标准，使得医生无法随便做这些化验。做这种事，可能得罪一大批人。我很佩服他，也信任他。

我给他发了个电邮，说我认为他的第二个标准太松，会导致很多假阳性以及不必要的住院。问他能不能把支持文献电邮给我。

杰夫回道："我们推荐的标准有文献支持。即使最初的肌钙蛋白在正常范围，短时间内微小的变化（≥ 10ng/L or >70%)，表示心脏新释放肌钙蛋白。如果病人有胸痛，符合心肌梗塞。我们的标准，只是从肌钙蛋白的角度定义心肌梗塞，只有结合临床表现才能决定是否心肌梗塞。"

对于这个回答，我并不满意。再发了一个电邮，要求他把文献送来。我说：在临床实践中，特别是在急诊室，化验结果往往成了唯一的诊断标准，而不管临床表现如何。

我把电邮转给我熟悉的一个心血管医生彼特。我想他应该和我有同感。不过，心血管医生也许并不在乎假阳性。假阳性等于更多的冠脉造影，更多的钞票。

彼特回电邮说：结合正确的临床内容，第一次肌钙蛋白低于正常上限，第二次肌钙蛋白 >10ng/L 或者 70%，必须认真考虑是心肌梗塞。没有任何检查的阳性预测值是 100%，所以应该考虑其他诊断。

话说得面面俱到，实际上他是同意杰夫制定的标准。医生讨论，证据说话，而不是结论式的发言。医学院教授、心血管专家彼特的回答让我失望。

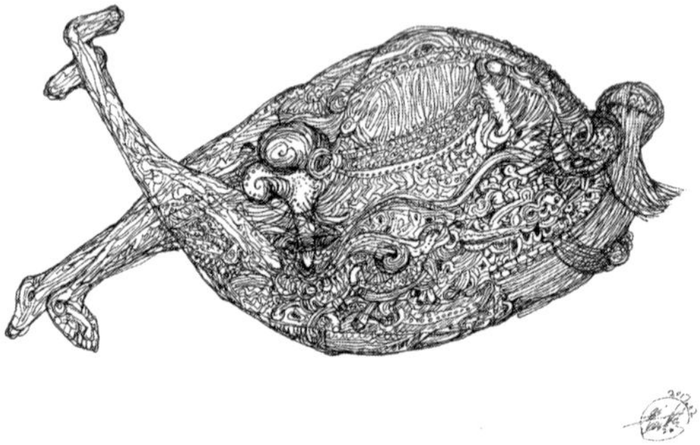

实验室副主任道格，大概是直接制定标准的人，给我电邮来两篇文章[②③]。这些文章都发表在实验室杂志上，不是一二流杂志，难怪我找不到。他说，他们对于用词非常小心。他们用的是心肌坏死（Myocardial necrosis），而不是心肌梗死（Myocardial Infarction）。

读完道格送来的两篇文章，发现③与这个标准无关，只有②是他们的依据。这个研究跟踪283个病人，大概是因为胸痛到急诊室，在急诊室查了几次肌钙蛋白，然后出院。出院后14天没有重返急诊室。以此判断，这些人没有心肌梗塞。这些人的肌钙蛋白都在正常值以下，绝对值变化低于10 ng/L，相对值变化14%左右，个别75%。

我回电邮说：根据这篇文章，如果肌钙蛋白低于正常值，变化低于 10 ng/L 或 70%，可以排除心肌梗塞。但并不能证明，如果肌钙蛋白低于正常值，变化大于 10 ng/L 或 70%，可以确诊心肌梗塞。如果要得出后一个结论，必须再做一个试验：证明如果病人的肌钙蛋白低于正常值，变化大于 10 ng/L 或 70%，多数人最终被证实有心肌梗塞。这个标准的阳性预测值是多少？ 我们毫无概念，也许是 70%，也许是 20%。我说：他们对于用词确实非常小心。但对于临床医生而言，心肌坏死、心肌损伤和心肌梗死是同义词。任何时候，实验室指标都应该结合临床。但很多时候，实验室指标成了唯一的标准。

我建议在实验室的指南上加上：1. 当肌钙蛋白低于正常上限，变化大于 10 ng/L 或 >70% 时，并不意味着确诊心肌梗塞。诊断必须和临床迹象结合。2. 加上 ESC/ACCF/AHA/WHF 的心肌梗塞通用定义。

杰夫回电邮说，同意我的结论，准备在诊断指南上加上这样的字眼："注意，心肌梗塞的诊断，不能仅仅依靠肌钙蛋白。" 同时加上了 ESC/ACCF/AHA/WHF 的通用定义。

我写了一个小结，电邮给所在医院的内科医生和急诊室医生。不是所有的急诊室医生都会同意我的看法，但我想让他们知道，他们遵循的所谓指南，并不是圣经，没有令人信服的证据支持，没有权威的组织推荐，可以不理睬。至少我可以不理睬。

【参考】

① Third Universal Definition of Myocardial Infarction. Kristian Thygesen, Joseph S. Alpert et al, the Writing Group on behalf of the Joint ESC/ACCF/AHA/WHF Task Force for the Universal Definition of Myocardial Infarction. Circulation. 2012;126:2020–2035

② Use of Observed Within–Person Variation of Cardiac Troponin in Emergency Department Patients for Determination of Biological Variation and Percentage and Absolute Reference Change Values. Aaron J. Simpson et al， Clinical Chemistry 60:6 848 - 854 (2014)

③ Diagnosis of Type 1 and Type 2 Myocardial Infarction Using a High–Sensitivity Cardiac Troponin I Assay with Sex–Specific 99th Percentiles Based on the Third Universal Definition of Myocardial Infarction Classification SystemYader Sandoval et al, Clinical Chemistry 61:4 657 - 663 (2015)

回　　家

星期天晚上，还有半个多小时，就该交班了。我坐在 ICU 护士工作台后面的椅子上，懒洋洋地打个哈欠，伸个懒腰。然后在心里把重病人一一过目，想想有什么遗漏。

一床的病人维欧尼特正在死去。维欧尼特八十二岁， 新诊断出晚期结肠癌、肠套叠、肠梗。外科医生无法做癌症切除手术，只是在梗阻前端造了个瘘道，与体外相通，以缓解症状。术后病情不断恶化。昨天晚上突然呼吸衰竭，紧急做了气道插管，连上呼吸机……死亡只是时间问题。

家属要求我们尽力维持病人生命。护士抱怨说，他们拒绝接受现实，不懂道理。维欧尼特的一个女儿、女婿和儿子昨晚在场，我和他们谈了一阵。我解释不管我们做什么，都不可能挽救她的生命。她女儿同意不再做心肺抢救，但要求我继续其他治疗，等其他亲属到齐后，再做最后决定。

第二天上午，来了一大家人。几个儿子女儿从美国、加拿大各个地方赶到。我和他们谈了半个多小时。他们之间又争论了很久，最后决定，除了呼吸机和维持血压的药物外，停止其他治疗。他们需要多一点时间，来决定是否停止所有的治疗。

中午，急诊室又来了一个重病人，等着转进ICU。ICU没有空床，护士问我，能不能再去给维欧尼特的家属加点压力，让他们同意停止所有治疗。这样，病人死亡后，可以把床腾出来。

我犹豫了半天，对护士说，让他们自己决定吧。急诊室还可以照顾那个病人。

对于我来讲，维欧尼特早已死亡。然而，对于她的亲人来说，只要她还在呼吸，心脏还在跳动，她就仍然有生命，她还没有永远离他们而去。天涯咫尺，生死须臾，我愿意她的亲人们多一点时间去哀伤，去告别，去吞咽这冷酷的现实。

下午，他们找到我，同意停止所有治疗。我在医嘱上写道：停止所有治疗。护士拔掉所有动脉、静脉插管，呼吸治疗师拔出气管插管，关掉呼吸机。

监视器上，维欧尼特的心电图波峰越来越慢，呼吸越来越浅。我望过去，病人的儿子、女儿、孙儿孙女们围着病床，低着头，手牵手。我走过去，站在他们后面，默默无语。

一两分钟后，我正要离开，眼光突然落在旁边病人安的脸上。

这里的ICU是大房间，一个房间两张病床，中间可以用帘子隔开。但是今晚帘子没有拉开。

安七十四岁，多种疾病缠身，糖尿病、肺心病、冠心病、心肌梗塞、中风、乳腺癌和淋巴瘤，做了多次手术。她还患一种少见的疾病——阵发性痉挛性肌肉麻痹。睡觉时，她的呼吸随时可能自发停止。维欧尼特做了气管切开，到了晚上就连上人工呼吸机。凡是上了人工呼吸机的病人都得住进ICU。她在ICU住了四五个月。与此同时，医院派人改建她的家，以便在家里使用呼吸机。工程最近就将完工，很快她就可以回家了。

安坐在高靠背椅子上，邻床维欧尼特的动静，她

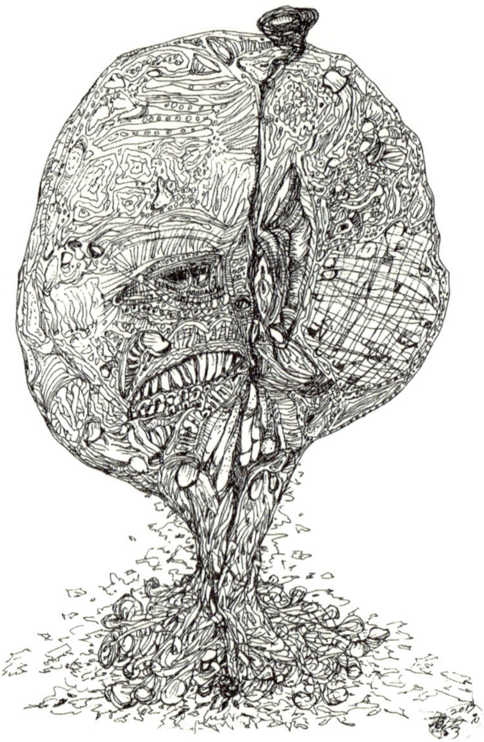

看得清清楚楚。

我走过去说：“抱歉。我把帘子拉上。”

安说：“谢谢，没必要。我已经习惯了。”

她说话的时候，眼睛看着前方，表情平淡，没有悲哀，没有恐惧。

在那张靠椅上，她看见了多少死亡，死亡离她总是那么近。

我说：“我很高兴很快你就可以回家了。”

习惯了与疾病和死亡打交道，习惯了各种各样的脸：悲伤的，坚强的，焦虑的，淡漠的，喋喋不休的，玩世不恭的。却很少停下来想一想，在这一张张脸后面，有着什么样的故事，有着多少重负，有着多少爱；很少停下来想一想，同样的重负，或只是其中一部分，掉到我身上，我将如何承受，我有没有能力承受？也很少停下来想一想，对于我已经拥有的一切，也许我应该感到幸运，也许我应该心存感激。

开车回家。春寒料峭，夜雾重重。路两旁不时闪过一座座房屋，桔黄的灯光从窗户射出。每扇窗户后面是一个温暖的家。温暖的灯光，唤醒我的记忆。

几年前，在准备面试时，我先查了医院和学校的网站。出于好奇，又查了一下当地的房地产。相对而言，房价很便宜。我看到一座很大的房子，两面都有很大的落地窗。看着看着，我走了神。想象我坐在一扇窗前，拿着一本闲书，外面正在下雨，雨打在树叶上，滴答作响。房间内，妻子一边在厨房忙碌，一边戴着耳机，和朋友们打她永远打不完的电话。儿子在玩游戏，嘴巴微微张开，幺女跑来跑去，房间里充满了小天使的笑声。我闭着眼，迷失在这幅画中，心中低语：我希望那幅画永远存在，永远……

面试时，一个人问：你如何想象十年后你的情况？

我说：这是教科书问题，不好回答，因为每个人都有不同的期待。回答这个问题前，我想先讲一个故事。

我讲了上面的故事，然后说，只要我能保存那幅画，我并不在乎我在什么地方，干什么工作。

有一次，儿子在网上做了一个智力测验，得了一百多分，于是让他妈妈和妹妹做。大家都做完了，知道答案了，一起来到我面前，要我也做。总共二三十道题，前面一半，我得负分，后面一半，慢慢把分挣上去，最后得分是50分左右。一家人站在我后面，我每做错一道，他们就哈哈大笑。妻子和女儿，一边弯着腰笑，一边揪我的脖子。

生活并不总是充满笑声。在异国他乡最初的岁月里，生活是ABC老板穿透骨髓的眼睛，是餐馆点心店苹果馅饼的芬香，是夜半读书呼呼睡去，半睡半醒中不知路向何方的惶恐……脆弱如我，麻木如我，忙着舔舐自己的伤口，真实和臆想的伤口，却忘了妻子儿子伤得更重。忙于挣钱，借口挣钱，罔顾亲人们的情感。

出国两年多，妻子和儿子才出来。出来前，朋友对我说，你太太出来后，先找个餐馆打工。我说：我太太沉鱼落雁，怎能让她到餐馆打工？话音尚未落地，我就到处打听，给妻子在一个快餐店找了一份工。下午去接妻子回家，看她一头秀发，拴在脑后，眼睛深处藏着忧愁，而脸上总是明朗的笑容。我感到一阵无言的辛酸。开车回家，乡间的高速公路，两旁丘陵起伏，一望无际。夕阳西下，阳光从旁边射进，在车内舞蹈。心情才好了一点。

出国时，儿子只有三岁，胖乎乎，傻兮兮。在机场第一眼看到他，瘦削，羞怯，不再是记忆中的小家伙。开始几天，和儿子一起躺在草地上，听他讲孙悟空的故事。这些故事，以前我给他讲过很多次。然而，我已没有当年的兴趣。虽然我做出津津有味的样子，儿子还是感觉到了我的勉强。几天后，他再也不给我讲那些故事了。

一两个月后，吼了小家伙一次。儿子说：爸爸以前从来不吼我，爸爸变了。一阵悲哀涌上心头。我似乎预感到，儿子从此将离我越来越远。我想把他抓住，然而就像噩梦中的人一样，呼吸沉重，四肢无力，无望地看着他越滑越远，越滑越模糊。

女儿小时候，总来缠 Daddy，说：Daddy，和我玩一会儿吧。我总是说：小丫头，Daddy 只能和你玩十五分钟。很快，就该我说：小丫头，和 Daddy 玩一会儿吧。而女儿会说：Daddy，我只能和你玩十五分钟。

欠了多少债，不知什么时候才能还清，不知能不能还清？

开着车，想着往事，心已飞回家中。傻乎乎的儿子还在地下室练他的肌肉。饭桌上摆着几大盘菜，妻子一边等我，一边给她的新旧朋友谆谆传授宝贵生活经验。幺女睡眼惺忪，还在等着 Daddy 回去，给她一个 big hug，然后去睡觉。

幸福，如此简单。

雾气重重，我看见家里窗户射出来橘黄的灯光。

再　嫁

当年从医学院毕业，分到一家县医院当外科医生。

报到那天，我在县城转了一圈后，当场打定主意，要离开这个地方。贫穷和偏僻是一个原因，对于分配愤愤不平，也是一个原因。

一天，护士告诉我，一个病人的女人在病房骂我。我冲进病房，问那农妇为什么骂我。农妇辩解说不是那么回事。护士站在我旁边，说：你骂了还不敢承认。农妇二十岁出头，看起来像三十多岁。红红胖胖的脸，大眼大嘴，口齿清楚，显得精明能干。她丈夫是一个高瘦的小伙子，因肠梗阻而住院。小伙子躺在床上，面色枯灰，强打精神：算了算了，不要吵了。

过了一两天，小伙子被送进手术室。那天周末，不该我值班。值班的朱大夫和一个进修医生小何做手术。

术后，病情迅速恶化，腹部急剧膨胀。检查发现，肠梗阻不但没有消除，反而更加严重。病人再次被送进手术室。这一次，是我和麦大夫做手术。腹腔一打开，两个人都傻眼了。肠子像水泡胀的酸面包一样苍白脆弱。粘在一起，没有一点蠕动，分不清大肠、小肠和膀胱。我和麦大夫小心翼翼地想把粘在一起的肠子分开，谁知肠壁轻轻一碰，就裂开一条口，里面的液体直往外冒。我们想把裂口缝起，却弄出更多的裂口。更糟的是，不知怎么碰了一下，膀胱也破了，黄黄的尿液汩汩流出，虽不汹涌，却也止不住。

挣扎了一个多小时，我们终于放弃。把腹腔壁缝合在一起，切口处放一根引流管，把病人送回病房。过了一两天，切口处大量脓液涌出。又过了一两天，伤口爬满蛆虫。小伙子在病房里，一声又一声大叫，声音令人毛骨竦然。病人的妻子泪流满面。

外科主任下令，把病人送到一个单独的病房，不让其他病人和家属看到。然后科室开会，研究如何处理。

会前，麦大夫找到我，情绪激动，说了很多。大意就是不该我俩负责。听麦大夫这么讲，我稍稍镇静了一点。

会上，我结结巴巴地谈了手术的经过。麦大夫接上来，重复了他对我说过的一番话。第一次做手术的朱大夫也讲了他做手术的经过。三个人都在表达同一个意思，不是他们的错。

主任接着发言，想对两次手术做一番技术分析。副院长刘医生插进来说，现在去追究谁的责任还有什么意思？重要的是怎么和家属交代。

讨论的结果，是去告诉那病人的女人，这病人是救不活了。赶快抬回家去，让他死在家里。另外，告诉这女人，她还年轻，还可以重新嫁一个童男子。

事情就此平息，我松了一口气。不久，又收了一个肠梗阻病人，和死去的那个小伙子一样严重。农民贫穷，总是拖到不能再拖才去看医生。本来简单的手术，变成复杂的手术，又留下许多后遗症，包括肠梗阻。每一次手术解除肠梗阻，又留下更多肠梗阻的机会。

这一次，我给病人插一根鼻胃管，24小时向外抽液体，同时静脉输液。过了一个月，病人痊愈出院。送走病人，我又想起那死去的小伙子。一条命就这样消失，还有几个人会想起他？不知那死者的妻子怎么

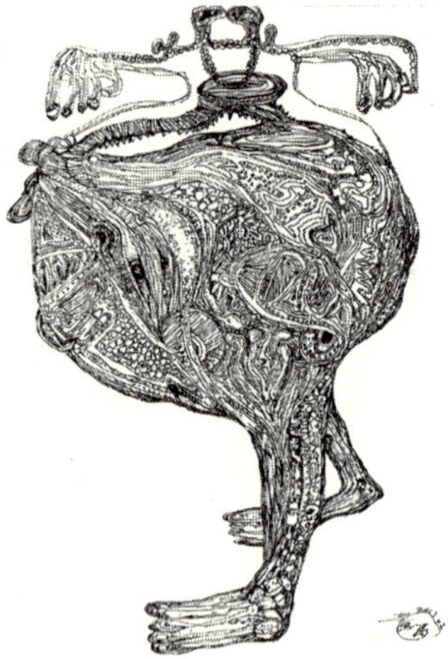

样了？

几个月后，我在医院里遇到那位农妇。这次，她来散喜糖。她又嫁了一个童男子。

几年前，我旧地重游。当年的县城、县医院，房屋矮小破落。如今县城街道两边，挤满了商店、高楼，路上人来车往。县医院一座门诊大楼，取代了当年的几排土墙平房。繁荣、躁动和简陋交织，和中国很多地方一样。

晕厥与肺动脉栓塞

病人苏珊，女， 八十岁。丈夫十五年前因心肌梗塞去世。她身体健康，单独一人居住。 因为呼吸困难三天到医院，住院医师纳森大夫将她收入院。

第二天，病人坐在床边，突然失去知觉。她女儿刚好在旁边，立刻呼叫。护士赶来，摸不到脉搏。立刻心脏挤压。挤压十下以后，病人恢复知觉。病人有遥测心电图（Telemetry），遥测心电图显示，当时病人是正常窦性心律，心跳 104 次 / 分钟。

纳森大夫呼叫我，声音惊慌，说病人可能有心肌梗塞和肺动脉栓塞。

我去检查病人。生命体征正常，看起来正常，没有明显的呼吸困难。没有冠心病病史，也没有肺动脉栓塞的危险因素。

我认为这个病人就是一过性血压下降，导致晕厥。并没有心跳骤停。一方面是病人脉搏微弱，一方面是护士惊慌而且时间紧迫，因此摸不到脉搏。我并不认为苏珊有心肌梗塞，更没有肺动脉栓塞。

虽然如此，我还是把病人送入 ICU 观察。同时查病人的肌钙蛋白（Troponin）以排除心肌梗塞，做了个 D- 二聚体（D-dimer）以排除肺动脉栓塞。

肌钙蛋白 0.47，正常上限是 0.067。肌钙蛋白稍微高一点。心肌梗塞的可能性很小，虽然不能排除。D- 二聚体 1500，正常上限 230。D- 二聚体异常，毫无疑问。问题是，D- 二聚体敏感性高，特异性差。D- 二聚体正常，可以排除肺动脉栓塞。D- 二聚体高，无法确诊肺动脉栓塞。任何引起炎症的疾病，如感染、外伤等都可以使 D- 二聚体升高。这个病人没有心肌梗塞及肺动脉栓塞的危险因素，是否有必要进一步检查?

病人在 ICU 待了一天没事，又转出 ICU。我不喜欢矫枉过正，做过多的检查及治疗，但还是推荐病人做冠脉造影，并检查病人是否有肺动脉栓塞。病人对造影剂过敏，无法做肺动脉造影，只能做肺通气 / 灌流扫描（V/Q Scan）。

心血管医生很快打来电话，说病人冠脉造影的指征不够。大部分时候，我送什么病人做冠脉造影，心血管医生来者不拒。这一次居然拒绝。我很赞赏这样的拒绝。

病人还是做了肺通气 / 灌流扫描。我心急，不等计算机上报告出来，就打电话问放射科医生豪沃德。

我问：阳性还是阴性？

豪：阳性。

我问：大还是小？

豪：几个区域缺陷，大。

我说：出乎我意料，我以为是阴性。今天我错了两次，太不好意思了。

豪笑道：这就是为什么我们要做检查。

医生常常在不要出错和不要过度诊断治疗之间挣扎，常常向过度诊断倾斜。既是不想让病人受到损害，也是保护自己，避免医疗官司，即所谓防卫性行医。不少时候，防卫性行医成了最主要的动机。过度诊断治疗的后果，是医疗费用火箭上升。我不喜欢过度诊断治疗，但过度还是不过度，谁知道界限在哪里？

2016年10月，新英格兰医学杂志一篇文章报道①：意大利十一家医院，五百六十个因晕厥入院的病人，17.3%有肺动脉栓塞，62%的肺动脉栓塞病人是严重栓塞（主肺动脉，或者肺叶动脉，或者灌流缺陷大于25%）。晕厥有其他原因可以解释的病人，肺动脉栓塞发生率是12.7%；没有原因可解释者，发生率是25.4%。病人苏珊，属于晕厥而没有其他原因可以解释者，属于严重肺动脉栓塞。

不管是不是过度诊断，对于晕厥病人，我将做更多的肺动脉造影，或者肺通气/灌流扫描。

【参考】

①Prevalence of Pulmonary Embolism among Patients Hospitalized for Syncope. Prandoni P and others. N Engl J Med. 2016;375(16):1524

肺动脉栓塞及抗凝药

因 CT 血管造影的广泛使用，发现了不少小肺动脉栓塞。随之而来的，是抗凝半年一年，甚至一生。问题是，这些小小的肺动脉栓塞，不治疗是否有严重后果？治疗究竟有没有临床意义？

肺动脉栓塞是让人胆战心惊的疾病。据 Medstudy 的资料，美国肺动脉栓塞发病率每年六十五万人，死亡二万至五万人，是心血管疾病第三大死因。其中三分之二的死亡发生在症状发作的第一小时内。主要死亡原因是漏诊，而每年漏诊高达四万。

英国医学杂志报道[1]，CT 肺血管造影的广泛使用，使肺动脉栓塞的发病率几乎翻倍。1998 年是十万分之六十二，2006 年是十万分之一百一十二。

发病率虽然增加，但死亡率并没有增加。1998 年每十万人有十二点三人死于肺动脉栓塞，2006 年为每十万人十一点九人。

如何解释这个现象？ CT 发现的肺动脉栓塞，大部分是小血管栓塞。这些小栓塞在临床上并不重要，至少不导致死亡。对于这种小栓塞，治疗的危害可能超过好处。

病例一：理查德，男，六十四岁。 间歇性右胸疼痛五个月。 一天，努力劳动了一天，胸痛加剧，程度 9/10。 持续性痛，与活动呼吸无关。病人最近没有乘坐飞机的经历，他总是动来动去，坐不下来。最近没有手术。过去病史只有痛风，最近一次发作是十五年前。

服用药物：别嘌呤醇（Allopurinol）、雷米普利（Rampril）。病人说，医生给他开雷米普利，是为了保护他的肾脏。我不知道他的肾脏为什么需要保护。

病人来到急诊室。查体正常，氧饱和度呼吸空气时 99%。急诊室查心肌酶正常。D- 二聚体（D-dimer) 251 (医院正常值低于 230）。CT 肺血管造影，放射科医生报告：左肺下叶可能有一个肺动脉栓塞。

病人收入院，开始服用华发素， 同时皮下注射依

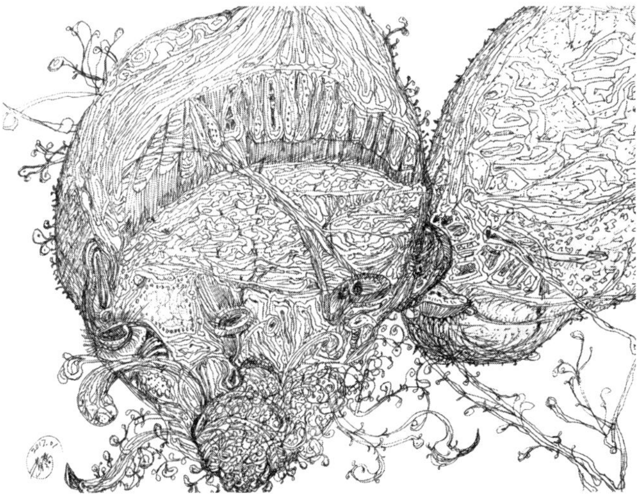

诺肝素。

两天后重复 CT 肺血管造影，没有发现肺动脉栓塞。病人出院，停止所有抗凝药物。我同时停止了他的雷米普利。继续服用别嘌呤醇，加上消炎药萘普生（Naproxen）止痛。

这个病人，没有心肌梗塞和肺动脉栓塞的危险因素及临床表现，而“常规”查心肌酶、D- 二聚体。D- 二聚体稍微高一点，于是查 CT 肺动脉血管造影，从而带来更多检查和治疗。幸好心肌酶正常，不然又是一串连锁反应。

病例二：男，四十 岁，一年前诊断出肺动脉栓塞，无诱因。此后一直服用抗凝药华发素。家庭医生送来一张会诊单，问这个病人是否应该继续服用华发素？

我的第一反应是：这样的问题也要来问我，书上不是写得清清楚楚吗？

肺动脉栓塞应该抗凝多久，uptodate.com 的建议是：有明显诱因的肺动脉栓塞，如果诱因已经消除（如手术、避孕药），不需要一直服用抗凝药；如果出血危险性高，也避免长期服用；对于没有诱因的症状性肺动脉栓塞，如果出血可能性低，终身服用抗凝药。

美国胸腔医生协会（American College of Chest Physicians, CHEST）的建议是[②]：第一次没有诱因的静脉血栓栓塞，抗凝至少三个月；第二次则终身抗凝，如果出血危险低。

出于外交礼节，我决定看一看这个病人。门诊那天，我先在网上把他的材料研究了一番。这个病人因为双肩痛、双手沉重到急诊室。内科会诊，查心肌酶和 D-二聚体。

为什么做这两个化验？现在成了只要是肚脐以上的疼痛，就怀疑有心肌梗塞，怀疑有肺动脉栓塞。

心肌酶阴性，D- 二聚体 558。D- 二聚体设定的医院正常上限为 230，而 uptodate 的正常上限是 500。我以前曾问过医院实验室主任，为什么医院的上限与 uptodate 不同？回答是不同的机器，正常值不同。对这个回答，我半信半疑。因为 D- 二聚体高了一点，又做 CT 肺血管造影。CT 报告说：可能是肺动脉栓塞。

病人收入院，开始皮下注射依诺肝素，同时口服华发素。第三天，D- 二聚体正常。病人很快出院。四个月后，再次肩膀痛，CT 没有发现肺动脉栓塞。但病人继续服用华发素。

CT 血管造影，就是把造影剂注入血管。正常情况下，造影剂应该填满血管管腔，如果有填充缺陷，则可能是栓塞。我把病人的第一次 CT 看了两遍，只有两张 CT 片有缺陷，加起来厚度二毫米左右。缺陷悬在血管中间，没有依附管壁。如果栓塞在血管中间，会被冲向下游，而不可能一直悬浮在那里被造影发现。

我认为，这个病人没有肺动脉栓塞的危险因素，没有肺动脉栓塞的症状。当初毫无必要查肺动脉栓塞。病人当时的 D- 二聚体只是高了一点。CT 也没有充分证据。病人很可能没有肺动脉栓塞，冤枉服了一年的抗凝药物。

病人来了以后，我简单问了几句，告诉他：他不需要服用华发素。回家去吧，享受生活。

【参考】

① BMJ 2013;347:f 3368

② Ann Intern Med. 2016;164(10):JC52

肺纤维化病人死亡

病人约翰逊先生，六十岁左右，一年多以前，诊断患了原发性肺纤维化（Idiopathic Pulmonary Fibrosis）。肺脏主要结构是几亿个小气泡，功能是交换氧气、二氧化碳。气泡壁变成了纤维，无法交换气体。百分之七八十的病人会在五年内死亡。除了肺脏移植，没有什么有效的治疗。约翰逊先生的治疗是吸氧，已在排队等候移植。

入院那天，约翰逊先生呼吸困难突然加剧。来到急诊室，胸部X光片发现右胸大片阴影，看起来像是肺炎。收入重危病房，上抗菌素，同时用气道双相正压呼吸机帮助呼吸。BiPAP在病人呼吸时提供压力，促使气管支气管扩张，保持肺泡扩张，从而帮助氧气交换。为了保持压力，病人必须戴上密封面罩。面罩紧紧套在脸上和鼻子上。

在ICU两三天，他的病情没有什么改善。任何时候，面罩一松，嘴唇马上发绀，氧分压也下降。但是X光片上，阴影小了很多，淡了很多。查房时，我告诉病人，他的病情看起来在改善。回到护士站，呼吸治疗师和护士抗议说：病人的病情实际上在加重，你在给予病人虚假的希望。很多时候，护士、呼吸治疗师对病人病情的预料，比我更准。也许是他们整天和病人在一起，也许是我自己习惯性地拒绝病人无可挽救的现实。

我给病人的肺移植医生打电话，问他有没有短期内移植的可能。他说，只要病人处于急性疾病状态，就不可能做手术。

我又问：如果不得不对病人做气管插管，上呼吸机，他有什么技术上的建议。

他说：病人很可能死于插管的过程中。而且一旦上了呼吸机，病人就再也离不开呼吸机。

他建议不要做气管插管，不要上呼吸机。如果BiPAP也不能维持病人的呼吸，就让病人平静、无痛苦地死去。

打完电话，我去告诉病人和他的家属：他很可能很快死去，没有治疗可以挽救他。并且建议不要做心肺复苏，不要做气管插管。

与病人说完，回到护士站。我马上忘了刚才的谈话。开了几句玩笑，护士哄堂大笑。我突然意识到，病人大概也会听到。我停止开玩笑，带着一点罪过感离开ICU，继续查房。

每天上班，总认为自己头绪繁多，时间紧迫，总是匆匆忙忙，没有时间感受病人和家属的心情。回过头来想一想，约翰逊先生病情虽重，一直头脑清醒。当我说他毫无希望，只有几天时间的时候，他心中是怎样的恐怖、绝望、悲伤？或者已经平静，准备迎接死亡？当我和他讲完，随之匆匆离开的时候，他是否会有一丝怨恨？似乎在我的眼中，他的生命无足轻重？

谁知道？没有时间知道，太多了无法知道。我所能做的，就是在他们还有希望的时候尽我所能。在他们没有希望的时候，让他们平静离去。在他们生命弥留的最后一刻，给他们，给他们的亲人，一点微弱的安慰。不清楚我是否做到了这些。

约翰逊先生和家属同意DNR，DNI。

两天后，病人死去。

数字说话

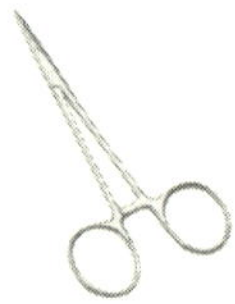

医生总是要和数据打交道。必须依靠数据，又不能拘泥于数据。

一天，急诊室医生打来电话，说有个病人白太太，七十四岁，因为心悸到急诊室，新发现心房纤颤、心率 124/ 分。病人有冠心病史，几个月前心肌梗塞，安了支架，此外还有高血压。

心房纤颤（房颤），心房不能正常收缩舒张，而只是颤动。因为颤动，使血液在心房内流动不畅，可能形成小血凝块。这些小血凝块在心脏内，不至于造成太大的麻烦；一旦脱落流入颅内动脉，则会引起中风、瘫痪。房颤的主要治疗，特别是老年病人，就是抗凝，减少中风的可能性，以及减慢心率。

是否抗凝，当时是根据 CHADS2 分数：心衰、高血压、75 岁以上、糖尿病各 1 分，中风或一过性脑缺血史 2 分。0 分不需抗凝，2 分及以上需要抗凝。1 分最初是可抗凝或不抗凝，后来则倾向抗凝。这个病人有高血压，分数是 1。我对于 1 分需要抗凝，抱怀疑态度。

我告诉急诊室医生：给病人美托洛尔（Metoprolol）37.5 毫克，如果心跳低于 110，病人可以回家。以后使用美托洛尔 50 毫克每天两次。此外可以开始抗凝，用华发素 4 毫克 / 天，每周两次查国际标准化比值 (International Normalized Ratio, INR)。家庭医生跟踪，调整华发素剂量，以及检查 INR 的间隙。

想了一下，又说：可以送一张会诊单给我，我看看这个病人。五个星期后，白太太来看门诊。

白太太和她的儿媳妇一起来。儿媳妇在网上查了不少资料，有备而来。也很疑惑，不知道该怎么办。

白太太五个星期前从急诊室出院后，开始服用华发素。最初是 4 毫克，几天后增加到 5 毫克。INR 曾经高到 4.9，以后又降到 3.5。病人因为心肌梗塞，在服用阿司匹林和波立维（Plavix）。开始服用华发素后，停用波立维。白太太出院后再也没有心悸。

两周前，胸部一个小伤口导致大出血，又到急诊室。

发现 INR 大于 10。急诊室给白太太静脉滴注新鲜冷冻血浆。出血停止后回家，停用华发素，重新服用波立维。两天前，家庭医生打电话，要她重新开始 华发素，停止波立维。

她的华发素剂量并不大，为什么 INR 会那么高？我再查她的 INR 记录。在急诊室当天，用了新鲜冷冻血浆后， INR 降到 2.10。但是停止华发素七天后，INR 是 2.02。也就是说，INR 几乎没有下降，华发素仍然在发挥作用。华发素的作用可以持续 2~5 天。 七天似乎长了一点。

白太太和她的儿媳妇心有余悸，犹豫要不要重新服用华发素。她们在网上查了一大堆资料，大概越查越糊涂。我说：查资料是好事，我们有更多共同语言，更容易交流。不过，网上的资料，很多时候会把人搞糊涂。然后我告诉她们我查的资料。

CHADS2 分数，白太太是 1 分。她的中风几率，如果不用抗凝剂，每年是 1.5%；如果用抗凝药，几率降到 0.7 % 左右。

儿媳妇摇头，这个几率似乎不值得抗凝。

我说：对我来说，是一个灰色区域。如果是 0，自然没必要使用；如果是 2，则使用。现在的趋势，分数 1 也趋向于使用。我们再来看看其他数据或统计。华发素的危害是什么？出血。一般的小出血，我不是很担心。担心的是大出血，胃肠道出血，特别是颅内出血。七十岁以上的人，自发颅内出血的几率是每年 0.15%，用了华发素，INR 在 2~3 之间，颅内出血几率是每年 0.3%~0.8%，即每年增加 0.15%~0.65%，不算高。

华发素在肝内由细胞色素酶 2C9 分解。这个酶异常，导致华发素迟迟不被分解，引起过度抗凝，使颅内出血的机会增加五倍。这个病人可能有细胞色素酶 2C9 异常，虽然我不能完全肯定。颅内出血，死亡率一般是 20%，而在使用华发素的情况下是 50%~60%。房颤引起缺血性中风（Ischaemic Stroke)，30 天死亡率在 20% 左右。

一个药物是否使用，取决于利弊之比。利大于弊则用，反之则不用。白太太使用华发素利弊皆有：利是每年缺血性中风几率降低 0.7%，死亡率降低 0.14%；弊是每年颅内出血几率增加 0.15%~0.65%，死亡率增加 0.075%~0.325%。

我对她们说：我认为应停止华发素，重新服用波立维加阿司匹林，一年后回访。

脓肿糖尿病及胰岛素

在国内的侄子发来电邮，说我大哥最近住院，诊断出糖尿病，上了胰岛素。问我怎么治疗。

打电话回国去问。大哥屁股上生脓肿，看了几次外科，最后看了一个肛门科医生。收进医院，做了脓肿引流。住院期间发现血糖高，转到内科，开始注射胰岛素。

来来回回几个电邮，搞清楚了用胰岛素前三天的早晨空腹血糖是：9.5，7.0，6.2。

脑壳上生疮，脚底下流脓，坏透顶了。我家老大还不算最坏，虽然当年是滚龙一个。至今还是烟酒茶三开，喜欢吃肥肉，肚儿滚瓜溜圆，有糖尿病也不奇怪。不过，这么轻易就诊断是糖尿病，马上就注射胰岛素，我感到不对头。

糖尿病分一型和二型：

一型是自身免疫性疾病，一般在年轻时发病。自身免疫摧毁胰岛素细胞，使机体不能产生胰岛素。治疗主要是注射胰岛素。现在正在实验的免疫抑制治疗，有可能保留一点残存的胰岛素细胞。

二型糖尿病的病因是身体对胰岛素不敏感，发病一般较晚，中年人多见。最初胰岛细胞代偿性增加胰岛素分泌。多年以后，胰岛细胞操劳过度，胰岛素分泌逐渐减少。二型糖尿病的治疗，根据轻重、患病时间长短而不同。一般刚开始是调整生活方式，然后是口服药物，以增加对胰岛素的敏感性，增加胰岛素的分泌。多年后这些治疗效果逐渐降低，开始上胰岛素。

我家大哥如果患糖尿病，只可能是二型。

美国糖尿病协会诊断糖尿病的标准：空腹血糖 > 7.0mmol/L(100mg/dl) 或餐后两小时血糖 > 11.1 mmol/L(200mg/dl)。2011 年，世界卫生组织认为：HbA1c>6.5 也可以作为诊断糖尿病的标准。血红蛋白 A1c 大致可以反映三个月的平均血糖。

不是在所有情况下血糖增高都是糖尿病。应急时，例如感染、手术，血糖往往升高。我家大哥患脓肿，做引流手术，血糖高一点，很常见。

大哥转到内科后，开始注射胰岛素，一天四次，空腹血糖在 5.5 左右。几次下午血糖过低，眩晕，恶心，冒冷汗。

我开始远程诊断。虽然转到内科，以前做手术的肛门科医生有求必应。那个医生就照着我说的开化验。结果是：餐后两小时血糖 6.9（未用胰岛素），HbA1c 6.39。与此同时，内科医生不让我大哥出院，不开出院证明。他说要调整胰岛素，以后要换成 70/30。又说，不打胰岛素，脓肿好不了。忍了几天，我大哥找他吵了一顿，终于出院。

出院后，在街道药店里查了几次空腹血糖和餐后两小时血糖，稍高一点。我告诉大哥多锻炼身体，不要吃太多。最后让他用低剂量的二甲双胍。

仅仅是庸医误人，也罢了。如果是为了一点蝇头小利，就让别人背上一辈子的精神负担和经济负担，这种行为非常恶劣。国内医闹，原因很多，不都是医生的错。但是不少医生水平太差，或者拿病人当摇钱树，恐怕也是重要原因之一。

急诊室的老白老黑

在纽约当实习生，第一年第三四个月，转到急诊室。

急诊室主管医生是迪昂大夫，白人，六十岁左右，中等个子，头发灰白，说话简洁，有条有理。一次拿起一张胸片给我们讲解，几句话就说得清清楚楚，对我这种已经多年没有行医的人帮助特别大。

我的姓 Xu，老外发音不是 Su，就是 Zu，Zoo。迪昂大夫经常拿我的姓开玩笑。一看到我，多远就扯开喉咙叫：Dr. Zoo！一次，我胸口有点痛，做了张心电图，请他看看。迪昂大夫看了一下，在心电图上写道：这个家伙要活一百岁。

急诊室是一个大房间，二十多张床挤在那里，病床之间用一张塑料帘子隔开。急诊室总是很忙，纽约更是如此。病人一般要等很久，才轮到医生看他。

一个星期六下午，四点左右，我去检查一个老太太。老太太有点老年痴呆，说话好笑，把我逗乐。旁边一个女病人，四十多岁，黑人，也跟着咯咯地笑。我检查完，顺便跟她聊了几句。她说她已经等了两个小时。我安慰她，很快就有医生来看她。

很快把这件事忘了。忙到六点左右，去吃晚饭。回来后，和我一组的二年级实习生坎酷曼鲁见了面就说："Su，你闯祸了。那个黑女病人，迪昂大夫要让她走。她大吵大闹说，一个亚洲医生说了很快要收她住院，不肯走。医院叫来警察，要把她强行带走。"

"我从来没有说过要收她住院，只是说很快有医生来看她。"

"她说要和你谈了才肯走。"

正说着，两个警察过来说："大夫，我们可以强行把她带走。不过，这样做影响不好。如果你们能说服她自愿离开，那样更好。"

我说："我完全同意。能不能给我五六分钟，让我先了解一下情况？"

我把她的病历翻了一下。病人有糖尿病，几个月没有去看家庭医生。药吃完了，两个星期没有吃药，跑到急诊室来。这种事情很常见。病人其他指标都正常，不需要住院。

迪昂大夫在他的桌子前埋头写病历，脸色还有点发红。他一言不发，把写好的处方签递给我。我过去对病人说：1. 你不需要住院；2. 出去后就赶快到药房拿药；3. 星期一赶快去看家庭医生；4. 不要拿自己的生命开玩笑。

病人不再说话，跟着警察出去。路过迪昂大夫面前，她大声叫道："你，种族主义者！"

迪昂大夫继续写他的病例，没有回答。我在旁边，很为迪昂大夫过意不去，很想告诉这个病人：我们和迪昂大夫都处得很好。想是想，什么也没有说出口。种族主义是存在的。只不过，有的时候，种族主义成了无理取闹的方便借口。

迪昂大夫半年后辞职。听说他要走，我感到遗憾，失去了一个好老师，一个忠厚长者。

在纽约，特别是布鲁克林、布朗克斯这些地方，老白好像有点郁郁寡欢。不过，医院的 CEO、各个科室主任，大都是老白。

亲戚在国内住院

多年前在加州，一个朋友的父亲在华西附院做手术，她回去探望。回来后讲了一大堆抱怨的故事。其中一个是，她父亲术后从手术室推回病房，在担架上光着下半身，穿过长长的走廊，没有一点隐私。

几乎所有在国外的老中熟人朋友，谈起回国就医，或亲人在国内就医的经历，都有满腹怨言。抱怨最多的是不礼貌。

我有个亲戚，七十多岁，几年前患胰腺癌，已经没有任何希望。一天，病情恶化，住进成都一家医院。目的是止痛，让病人平静地离去。

我从国外赶回成都。病人住在一间三张床的病房，上了氧气，床边有心电监护器。开的药物有中西结合保肝药，但没有镇静催眠药物，虽然病人晚上睡眠不好。

病人是胰腺癌，并不需要氧气。已经是临终姑息治疗，不需要抢救，没有必要监护心电。胰腺癌也没有心电监护的指征。病人更不需要保肝，到了这种程度还保什么肝？慢性肝病也许需要保肝，但是这些所谓保肝药根本没有效。尽量让病人舒服，睡眠好，是姑息疗法的重要措施之一，却被医生省略了。

我找到管床的医生，告诉她停止氧气，停止心电监护，停止保肝药，加上镇静药物。医生马上停止了氧气、心电监护和保肝药，但不肯加上镇静药物，她说要和主任商量。主任第二天查房。

主任是个四十多岁的女性，查房时，我一开口，她马上把我叫到一边，说她不能给镇静药物，因为病人肝功不好，镇静药物代谢缓慢，副作用太大。说完后问了一句，“你懂了吗？”然后马上就离开。我没有回答或者讨论的机会。

病人在医院的唯一目的，就是镇静镇痛。镇静药的副作用主要是嗜睡，根本不需要担心。这个主任好像不知道这个简单的道理。而她说话的方式，就是甩出一大堆话把你压住，让你开不了口。这不是医患交流的目的。

医生和病人/家属交流，不是这种居高临下的教训，不是争输赢，是双向、平等的交流，给病人/家属提供信息，让病人/家属据此做决定。同时倾听病人/家属有什么要求，以及这些要求的理由。如果可能，满足病人/家属的要求；不能满足的，解释为什么做不到。

平心而论，医院的医生护士也还礼貌，基本上是有求必应。感觉到他们小心翼翼，生怕得罪病人及家属，特别是那些看起来不好惹的。但他们的医术需要提高，还要学会交流的艺术。交流艺术并不是什么深奥的东西，交流的要点：1. 诊断及预后。2. 各种治疗选择及可能的后果。3. 用对方容易理解的语言交流。4. 回答对方的问题，开诚布公，不要回避，不要扭曲。

气管插管

库珀尔太太，七十六岁，慢性阻塞性肺病（Chronic Obstructive Pulmonary Disease, COPD），因严重呼吸困难收进重危病房，上了双相气道正压呼吸机。大部分时候，病人神志模糊，无法交流。问她如果病情继续恶化、BiPAP 无效的时候，她是否同意气管插管。有时候她回答 Yes，有时候她回答 No。我看了看她的 CT，肺上布满大大小小的泡，没有多少正常的肺组织。这样的病人，还在呼吸就是奇迹。但是她还能持续多久？

一天，病人病情恶化，必须气管插管。病人的决定不能算数，因为她可以说入院以后，就没有判断决定的能力。我只能和她的家属商量。病人的女儿女婿在场，我解释了病人的情况，说不插管病人肯定死亡。

我强调即使做了气管插管，上人工呼吸机，病人幸存的可能性也非常小。病人的女儿没有说话，看起来倾向于不插管。病人的女婿问道：幸存的可能性是多少？

我说：我无法肯定是多少，最多1%~5%，但不是0。

病人的女婿说：机会就是机会，为什么不试一试？

给库珀尔太太做了插管，上了呼吸机。又过了七八天，病情没有进一步恶化，也没有什么改善的迹象。病人的女儿女婿同意拔出插管。如果病情恶化，也不再插管上呼吸机。

拔管后马上就上BiPAP。病人最初是声道痉挛，以后是严重呼吸困难，用腹肌帮助呼吸。一连几天，昏迷不醒。几天以后，病人呼吸改善，不需要BiPAP。但是神志有时清醒，有时模糊。有时候烦躁不安，要爬下床。

周末休息。星期一上班，心想库珀尔太太不知道怎么样了。还是清醒/模糊交替，或者又上了BiPAP？我想她不知道要拖多久，也许就这样一步步恶化、死亡。

到了ICU，看见她坐在床上，和正常人差不多。她的头发卷了十几个发卷。穿着一件斑马花纹夹克，

斑马线上面到处是粉红色的心脏。她对着我微笑，清清楚楚和我谈话。我还是第一次看见她这么清醒。

我掏出手机，问：我可不可以照一张你的照片？

她说：当然。我知道你想照一张你救活的人的照片。

不知道是我，还是她的女婿救活了她。几天以后，库珀尔太太出院。

以后，面临插管还是不插管的选择时，我常常想起库珀尔太太。有时候把故事讲给 ICU 的护士听，有护士说：那又怎么样？ 她最多再活三个月。我说：FDA 批准一些抗癌药，就是因为能延长寿命三个月。

病人儿子把我告到卫生局

楼厄先生， 八十四岁，IV 期慢性肾功不全，肌酐 400 左右。过去病史包括高血压、冠心病、痛风、外周血管疾病。三天没有拉尿，下面医院发现肌酐 1290。插入尿管，完全没有尿出来。 赶快送到我这个医院。病人来了以后，CT 没有发现输尿管阻塞。病人说他几天都在吃饭喝水，血压不低。

急性肾衰病因分三大类：1. 肾后：尿液输出通道堵塞；2. 肾前：脱水低血压等导致肾脏灌流减少；3. 肾性： 肾脏本身疾病。这病人排除了肾后和肾前，剩下的就是肾性。诊断肾性，是一长串化验。

肾前肾后，可以马上消除或缓解直接病因，而肾性则不可能。楼厄先生三天没有拉尿，肾功不可能一两天内恢复到一定程度，更有可能不能恢复。他需要肾脏透析，以排出积累在体内的水分。但肾脏透析只是对症治疗，不能纠正病因。对他来说，也许可以延长几周或者几个月生命。值不值得透析？

是否透析不是我说了算。问病人，他说任何治疗都做。我所在医院不能做急性透析。给另一所医院肾脏科医生马克打电话，要把病人转过去。马克问我：有必要透析吗，年龄这么大，病情这么重？ 我回答，病人要透析，我只能照办。我已经给病人讲了利弊，特别是透析对于他来说，不太可能延长生命，或者不会延长生命太久。

病人转过去。两个星期后，马克打来电话，问我能不能接收楼厄先生。我第一反应就是他还活下来了？马克说他病情稳定，想要回到本地，就在我这里透析。马克又说他的实习生打电话问了几个我这里的医生，都拒绝接收这个病人。

星期五下午六点左右，我已经下班，病人转回来。

星期一，我先把转院志读了一遍。看不出病人为什么不出院，而要继续住院，作为门诊病人透析。打电话问他儿子，回答说因为要理疗和安排家庭护理。

九点左右查房，楼厄先生躺在床上，虚弱、神志清醒，看起来基本正常。他儿子也在，一米六三左右，平头，长脸，门牙前突，肌肉发达。看起来没有什么文化，敏感、气量狭小。我又问了一下病人，为什么没有直接出院。然后告诉他们，理疗可以在门诊作，如果安排好了家庭护理，病人就可以出院。

那天是 12 月 22 日，我想多让几个病人出院。这种似乎没有必要住院的病人，像是额外的负担。我不像平时那么察言观色，说话不是特别耐心。病人儿子给我的第一印象也没有引起警觉，事实上，第一天就把他得罪了。

23 日没事。病人儿子打电话说：他们已经安排好了家庭护理，准备圣诞节前出院。 他好像很气愤，不愿意吃嗟来之食。

24 日查房前，看护士记录。病人晚上呼吸困难，值班医生给上了氧气。查病人，呼吸困难比两天前稍微重一点，肺底部有一点啰音。我在计算机上写下逐日志：呼吸困难稍重，肺底部少量啰音。可能是液体过量所致。病人今日透析。透析后呼吸困难有可能改善。暂缓出院，直到稳定为止。

第二天该我度假，直到 29 日。

29 日该我上班，但我还在飞行途中，只能打电话查我的病人。有两三个都很稳定。问到楼厄先生，护士告诉我，他呼吸极度困难，家属一直要求见我。我又问了一下，生命体征正常，用了氧气 3 升 / 分钟，氧饱和度 90% 以上。我让护士照一个胸片，同时告诉她，如果情况紧急，就传呼值班医生。随后，我又给值班医生打了个电话，告诉他我暂时回不来，有紧急情况帮我处理一下。

30 日上班，刚到病房，护士就告诉我，病人的儿子在等我。去看病人，他神志不清，面色苍白，奄奄一息。我忍不住问了一句：怎么成这样？

他儿子盯着我，眼睛有点发红：怎么回事？你要负责！查完病人回到护士工作站。他儿子跟着进来，吼道：“你让我父亲病成这样！他在这里的待遇简直像是第三世界。”

我说：“这几天过节，应该是值班医生负责。”

他儿子说：“我理解你们医生要过节。但他病情那么重，你怎么能够丢下病人？”他的手在抖，声音也在抖，出气很粗。看得出他想骂粗话，想动手。但他不得不压住冲动，他知道骂脏话动手的后果。他说：

“我不能再说了，再说话就难听了。”

我并不担心他指责我节日期间不在。他竟以此来指责我，太无知。不过，昨天该我上班，我没到医院，使我担心。他大吵大闹，我自己心虚，回答不太理直气壮。

我不再理他，开始查记录。昨天护士呼叫了同事、值班医生。同事检查了病人，认为病人液体储留过多，安排了额外的透析。真感谢这同事，救了我一场官司。

再往前读。病人在节日期间病情加重。值班的临时工医生去看了一下病人，认为是肺炎，开了抗菌素。

从理论上说，这些处理都没错。或者说，病人病情恶化不是谁的错。谁也没有疏漏，至少从字面上看是如此。

该查的，同事都查了。我决定查一查病人是否心肌梗塞。那天值班。开了心肌酶化验，就赶到急诊室，抢救两个重危病人。

中途抽空，查了一下病人的心肌酶结果，600 左右，正常是 30 左右。病人有心肌梗塞，但不是大面积心肌梗塞。是不是病情恶化的原因，很难说。但至少有一个解释。

这个年纪，这么重的病情，没有哪个心血管医生肯给他做冠脉造影。为保险起见，还是给心血管医生打了个电话。心血管医生那天刚好也忙，说话没好气。他说：1. 他那里 CCU 没有床位；2. 他有更重的病人；3. 这个病人不适合做冠脉造影。他告诉我自己处理这个病人。

我先打电话给病房护士，上了几个治疗心肌梗塞的药，虽然这些药物对这病人没任何作用。忙完急诊室，回到病房，告诉病人儿子心肌酶结果以及和心血管医生的谈话。然后告诉他，不管我们做什么，病人都不太可能存活。对方没有说话，表情非常愤怒。

随后，我读了一下楼厄先生在另一所医院的记录。病人在转到我这里前，有时候清醒，有时候糊涂。可以说他在那里，一直没有怎么恢复。肾衰的病因是什么，也没有线索。透析不会消除导致肾衰的病因。而这个病因，可能导致他进一步恶化。更可能的是，这种年纪，本来就是几个疾病特别是晚期肾衰的病人，完全没有明确的病因，突然就崩溃。

第二天该病人透析。我突然想到，楼厄先生病情太重，这里只透析门诊病人，无法透析重危病人。于是又给马克打电话，把病人转过去。过去以后，马克一看病人，就建议停止治疗。两天后病人去世。

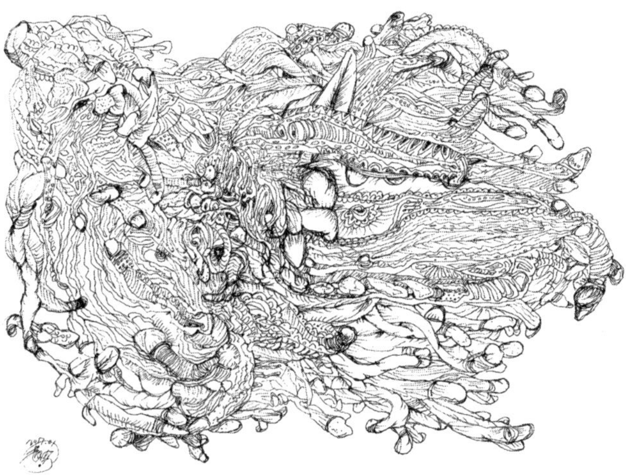

病人的儿子很快就告到医院。他的抱怨是：1. 我在他父亲一到，就要病人出院。2. 节日期间我应该治疗他父亲，但是我不在。

告状信中写道：他厌烦了医院系统的解释，厌烦了等待。如果医院不能妥善处理，他就要找律师，要公开他父亲的病案。

医院给我一封信的复印件，要我回答。看信，感到他火气很大，而且非常自信。但他没有抓住要点，不懂他抱怨的这些事根本不是医疗事故。我给内科主任发了个电邮说：1. 最初计划让楼厄先生出院，根据当时的信息，没有错。当他的病情恶化后，我停止了出院计划。2. 对于节日期间发生的事我不负责。

医院约定时间和病人的儿子协商。院长、内科主任、医院公关部门全都参加，希望谈判解决。我说：要打官司奉陪。内科主任说：打官司影响不好，应尽量避免。临开会前，院长打电话问我能不能参加。我说：我要说的话，都在电邮上，没必要参加。

会后，内科主任告诉我：协商没有结果。对方太粗鲁，没法谈。他肯定要打官司，要我做好准备。

实际上，30 日从看到楼厄先生那一瞬间，看到他儿子那副模样的一瞬间，我已经开始做准备。准备就是：所有该做的检查都做，该上的治疗上，该打的电话打，该咨询会诊的咨询会诊，不管有没有用。此外，做好记录。有道是：你没有做记录，你就没有做。

对方到省卫生局告我，告所在的医院，以及医院所属的医疗系统。卫生局把告状信邮给我，要求一个月内答复。

遇到这种事，首先找保险公司加拿大医疗保护协会（The Canadian Medical Protective Association, CMPA）。一年交 $4000 多，就是买这份保险。在 CMPA 网站把要求送去，半小时后就来了电话。一个女士问了一下情况，要我把对方的抱怨送给她，并要我写完回答后给她过目。从网站把文件送过去，十分钟后，她又来电话，说对方威胁要打官司，我应该找律师。她要给我联系律师。尽管感到这是小题大做，我还是同意了。十五分钟后，律师彼得打来电话，说他要和卫生局联系，延长我回答的时间期限。他告诉我不要急，仔细想仔细写，写完后让他修改。

把对方的告状信仔细读了一两遍，信中的愤怒、傲慢清晰可见，语言粗糙，抱怨的理由实在不是理由，但语气非常肯定。写了很多不必要的细节，他抱怨他父亲在医院的待遇像是在第三世界，他责问医院为什么容许他父亲节日期间没有医生照料。他说他感到了我和医院的恶意。

逐句逐句反驳了他的抱怨。彼得修改后，送到卫生局。两个月后，对方的反驳又送来。再次仔细研究，反驳。他的语言更粗，更无理。我忍不住，回答火气大了一点。彼得把那些句子都删掉，送来电邮说：回答是给第三者卫生局看的，最好是就事论事，不要带情绪。这些道理我也懂，一气之下就忘了。

对方的抱怨要点是：1. 我在 12 月 22 日想让病人出院。2. 圣诞期间我没有治疗病人。3. 病人的死亡完全是因为我的玩忽职守。

对于第 3 点，我答道：这不是事实，该做的我和其他医生都做了。病人肾衰，一直在透析。感染，在用抗菌素。心肌梗塞，用了所有的药物。病人肾衰加心肌梗塞，死亡率高，能够使用的治疗手段有限。其他很多病人及家属，在类似的情况下都采取姑息疗法。他们坚持要一切可能的治疗，不能指望有多好的预后。

来回了几次，卫生局开始调查。把案子转到投诉委员会。调查人员包括医生和非医生。调查，就是查我的医院记录，也查马克所在的医院记录。调查进行了一年，报告终于出来。

报告的前言写道：医疗中的过失并不构成惩罚医生的基础，除非误差是因为医生明显的疏忽，忽视病人的福祉，或专业上的无能。然后，按照时间顺序把事情经过列出。接着分析道：我是主要负责的医生，但假期间的事，不由我负责。在整个过程中，我的处理及时、妥当。不过，他们感到，关于病人病情的严重程度，我没有很好地与病人家属交流。最后的结论是：抱怨驳回。报告附件说：病人家属如果不同意，可以在一个月内上告省最高法院。

以后再也没有听到消息。

折腾了将近两年，终于结束。持续两年的麻烦，也许起因于我在第一次查房时，态度有点不耐烦。这件事给我以深刻教训：1. 随时注意态度；2. 不要急于让病人出院，如果对方不乐意，就拖几天，反正不是我出钱；3. 特别注意容易闹事的主，得罪了，即使你没有错，也可能给你带来大麻烦；4. 上班的日子，绝对要在医院。

住院出院

刚来美国时，有一段时间住在老太太劳拉家。

她家有四间卧室，拿出两间来出租。劳拉七十多岁，男朋友巴博住在附近的老人公寓，早晨十点左右来，晚上八点左右回去。一段时间，听到他们说，巴博要做冠状动脉搭桥手术。然后有两三天，不见巴博的人影。第四天看见他时，问他什么时候做手术，说已经做了。

我很惊讶。想当年在国内，阑尾炎手术后也要住十天。等七天拆线，然后再观察三天。至于心脏手术，至少提前一两个星期入院，慢吞吞地做完各种检查，再做手术。手术后至少再住一两个星期。

在美国做完实习，我也理解，并且习惯了让病人尽早出院。

医疗保险对医院的付费方法之一，叫诊断相关组

（Diagnosis Related Group, DRG）。简单地说，它就是根据诊断及病情严重程度、病人及地区差别，对每个住院病人只付固定的一笔钱。例如：一个中等严重程度的肺炎，保险公司给医院五千美元——不管这个病人住多久，检查用药花了多少钱，医院只能得五千块钱。医生单独付费。病人住院时间越短，花销越少，医院赚的钱就越多；反之亦然。医院有动力促使病人尽早出院。

医院是治疗急性疾病的地方，慢性病可以在门诊治疗。只要病人的治疗可以由门诊提供，就不需要住院。例如病人患细菌感染，严重的需要静脉输抗菌素，需要住院。不严重的，口服抗菌素，可以在门诊治疗。

避免不必要的住院，可以避免许多医源性疾病发生，例如交叉感染等，还可以给纳税人省钱。尽管经济上的动力不那么强，让病人早出院对住院医生也有好处，可以少管几张床，多一点时间上网鬼混。

来几个病例。

病例一：保罗，五十多岁，退伍老兵，流浪汉，曾经做了双下肢截肢手术，靠轮椅代步。一天，保罗大概走投无路，就到医院里说他眩晕，差点昏倒。医院查了血常规、尿常规、心电图和胸片，结果都正常。仍然不敢把他推出门。那个医院已经挤满病人，于是转到我所在的医院。两个医院相距一百英里左右。

我问病史，查体，又把检查结果和能找到的资料看了一遍，找不出有什么异常。第二天早晨，在每周两次的碰头会上，我告诉病房管理（Case Manager）说：从医学的角度来说，我想不出有什么理由让他住院。第三天上午，病房管理告诉我，她在那个医院附近找了一个带厨房的汽车旅馆，把保罗送到那里，免费住一个月。在这一个月里，由当地社会工作者给他找长期归属，同时由当地家庭医生接手他的医疗。

病例二：罗伯特，六十岁，也是退伍老兵，肝硬化腹水。实习生告诉我，罗伯特和他老婆来看门诊，拒绝回家，因为开车回家太远了，只好收他住院。我觉得好笑，到病房里去看罗伯特，顺便看看有没有办法把他送出医院。一进门，老太婆一副老母鸡护小鸡的样子，把我吓了一跳，也不敢说什么要他们出院的话。病人面黄肌瘦，气喘吁吁，肚子鼓起很高。问了几句，查了查病人。敲敲肚子，腹水不少。溜出病房，看着实习生笑笑。

第二天，实习生说，早晨去查房时，两口子正在做爱，他赶快退出。我问：他肚子挺起那么高，怎么可能……说了一半，突然意识到旁边还站着一个三年级的女医学生，赶快打住。

病人住了一个星期，抽了两次腹水，终于出院。

病例三：约翰，退伍老兵，七十岁左右，太太过世，一人生活。因肺炎住院。住了三天，我对他说第二天可以出院。约翰怒气冲冲：我为这个国家打仗，你竟敢这么对待我！他颧骨突出，面颊发红，下巴和嘴巴向前耸。我听他叫完，点点头，又去查下一个病人。

当天晚上，约翰上厕所摔在地上，右股骨颈骨折。第二天查房时，看他的模样，没有一点气势汹汹的影子，苍老、脆弱，不觉内疚。老头儿挣扎着对我笑笑。

又住了一个多月，约翰二十多岁的孙女，救护车上的急救人员，不愿把祖父送到疗养院，就和未婚夫一起把病人接回家。

病例四：司格特，四十岁，镰刀型贫血。我接手时，他已住院两个星期。镰刀型贫血是一种遗传性疾病，血红蛋白上的一个氨基酸被另一个氨基酸取代，导致血红蛋白在低氧时聚集。红细胞变形能力降低，呈镰刀状，无法通过毛细血管，堵塞管道，引起严重疼痛，甚至组织坏死。遇到镰刀型贫血急性发作，一般是住院输液，抗感染，镇痛。大部分病人几天就可以出院。

司格特单独住一个房间。查房时，我发现他的病房收拾得像个小家，几件简单的装饰和个人用品摆放得井井有条。他坐在轮椅上，礼貌热情。我刚一开口，他就把我想问的都说完了。

过了两天，觉得司格特该出院了。早晨查房时告诉他，他没有什么反应。到了中午，护士呼叫，说病人胸痛。

病人胸痛，医生护士头痛。胸痛就是心肌梗塞，直到被排除为止。硝酸甘油、吗啡，再加一堆检查，心电图、胸片、心肌酶……折腾了两三天，找不到胸痛原因。

回过头去查司格特以前的记录，和以前管过他的医生交谈，发现类似情况在过去发生过很多次。而且以前每次住院，至少两个月。

内科碰头会上，我把司格特的情况介绍了一遍。很多人都知道他。大家同意不能再让他继续住院。会后，我告诉司格特，将让他出院。如果他抱怨胸痛或其他什么症状，我会把他送到急诊室，由急诊室处理。

医院管理部门之后给急诊室发了个通知，要求急诊室遇到司格特时，如果病情许可，尽量把他留在那里，不要收他入院。

医院是个好地方：免费吃住，送饭上门上床。年轻或不年轻、漂亮或不漂亮的护士打针发药，料理侍候。有点什么不舒服，一按铃，护士马上就来到床前。

医院不是个好地方：空间狭小，空气浑浊，生活单调，毫无隐私。日常起居吃喝，都得仰仗护士、医生。白天晚上，不知要被询问、检查、抽血查尿多少次。常常是刚迷迷糊糊入睡，又被吵醒。似乎每个人都关心你，但每个人对你的注意最多也就十几分钟。

对于医生，出院入院，不仅仅是医疗问题。

对于病人，如果医院成了唯一可去的地方，如果医院都成了最好的地方，生活大概只能以绝望二字来形容。

急性肾衰加慢性肾功不全，病因不明

维瑟太太，六十多岁，慢性肾功不全，肌酐 300 多。她一年到我的门诊随访两次。要她来勤一点，她不肯，说每次都要叫出租车，太贵。后来就失联，一年多没来门诊。

一天，住院医师要我看看他的一个病人。我一看名字，原来是维瑟太太。她因为恶心呕吐入院。诊断是胃肠道病毒感染。入院后治疗用抗菌素和输液。住院医师会诊的原因是她的肌酐逐渐增高，虽然临床症状在改善。肌酐从 300 升到 350、400，一直在缓慢但不停地上升。这是慢性肾功不全基础上的急性肾衰。

急性肾衰的病因分为三大类：

1. 肾前，各种原因引起的肾脏灌流下降。这个病人有点恶心呕吐，但是不太严重，没有脱水。而且入院后一直输液，不像是肾前。

2. 肾后，各种原因导致尿液流出堵塞。肾后男性居多，主要原因是前列腺肥厚。女性少见，因为很少有两侧输尿管同时堵塞。而且住院医师和护士告诉我，病人尿液一直正常。

3. 肾性。肾性又分血管性（肾动脉或肾静脉血栓栓塞堵塞）、肾小球性、肾小管和肾间质疾病，血管性少见。病人尿常规没有红细胞，可以排除肾小球炎症。剩下的只有肾小管和肾间质疾病，一般是药物引起。这个病人入院后，用了两天抗菌素头孢曲松（Rocephine），有可能引起肾脏间质炎症。但可能性太小，而且停药后肾功能应该逐渐恢复，而不是仍然继续恶化。

找不到原因，就没有办法治疗，就只能乱碰。先输液，后用皮质激素，都没有用。病人肌酐升到500多。我把病人接收过来。接收过来也没办法治疗，肌酐还是一天天升高。

肌酐这么高，就得考虑透析，虽然肌酐本身不是透析的指征。透析的指征是：药物治疗无效的高血钾，酸中毒，尿毒症，水储留体内。病人没有前面三个指征，至少下肢有二度水肿。

一天，病人水肿加重，烦躁不安，肌酐将近 700。我认为病人开始出现尿毒症症状，不能再等。把病人转到附近的教学医院，只有那里才可以做急性透析。

病人转过去后，就不再是我的病人。 但我总是想知道她的病情发展，便在计算机上跟踪。

病人转过去，第二天就做了透析。随后病情恶化，气管插管，上了呼吸机。又做了一个腹部 CT。CT 发现左侧输尿管有一个结石， 两厘米左右。结石把输尿管堵住。放射科医生做了一个体外引流管。病人只透析了一次。以后肌酐就逐渐下降，恢复到入院前水平。

这个病人的急性肾衰，是左侧输尿管结石所致。一般单侧输尿管堵塞，不至于导致急性肾衰。但是这个病人已经有了慢性肾功不全，两个肾脏本来功能就差。一侧堵塞，失去功能。另一侧无法代偿。而且工作负荷加重，导致功能进一步恶化。

回头想，我为什么犯了错误？太想当然了！因为住院医师和护士说这个病人尿量正常，此外，女性肾后肾衰少见，我根本就没有考虑肾后肾衰的可能。而且太自信，即使其他原因都排除了，仍然没有想到做个 CT，排除肾后的可能。

糖尿病还是尿崩症?

一天值班，下面一个乡村医院的医生打来电话，说他有一个病人，因为烦躁不安，神志模糊，病人的妻子把丈夫带到医院。血糖高到仪器测不出，阴离子间隙（Anion Gap) 34，尿酮阳性。

病人哈钦斯先生，七十多岁，化验结果是典型的糖尿病酮症酸中毒（Diabetic Ketoacidosis, DKA)。但这个年龄，糖尿病一般是 II 型。II 型少有发生 DKA，一般是高渗透压高血糖状态（Hyperosmolar Hyperglycemic State, HHS）。此外，DKA 一般是胃肠道症状，而不是中枢神经系统症状。不过，这并不太重要，DKA 和 HHS 的治疗基本一样。

DKA 是急症，不是乡村医院能够处理的。哈钦斯先生转到我这里，收到重危病房。他谵妄不清，胡言乱语，无法问病史。病人的妻子跟着救护车来到，从她那里问了病史。

哈钦斯先生一直健康好动，一年半以前开始出现口渴多尿症状，大量饮水，喝可乐、果汁，很少喝白水。一天喝饮料两三升或者更多。偶尔看了一两次医生。医生不在意，没有追查。

计算机检索，发现病人三年前糖化血红蛋白（HbA1c）是6.1，基本正常，不知道当时为什么查。

信息有限，我的诊断还是DKA，虽然有不少疑问。DKA治疗简单：大量输生理盐水，胰岛素静脉滴注，保持钾离子正常。当血糖降低11时，改输葡萄糖盐水（0.45%或0.9%），直到阴离子间隙正常。然后停止胰岛素静脉滴注，开始糖尿病常规治疗。

过了一天多，DKA纠正，病人神志恢复正常。哈钦斯先生身高一米八，额头宽，下巴尖，八字胡，肚子圆鼓鼓，四肢肌肉发达。他看起来有点神经质。开始给病人口服二甲双胍（Metformin），同时给胰岛素70/30 10 U每天两次皮下注射。

复查糖化血红蛋白，超过15。这意味着过去三个月，病人的血糖平均超过21.4 mmol/L（385 mg/dL）。

超过多少不知道。正常糖化血红蛋白应该低于 5.6。

II 型糖尿病开始治疗时，一般用二甲双胍，不行的话，再加另外一两种口服抗糖尿病药。十多年以后，口服药物不能控制，开始用胰岛素。这个病人入院时血糖太高，糖化血红蛋白太高，我认为不用胰岛素无法控制。

入院以后，病人尿量一直是每天 4 L 左右。

有两个问题让我纠缠不清：

1. 病人为什么突然发生如此严重的糖尿病？ 至少三年前，病人还没有糖尿病。在这个年纪，糖尿病一般是 II 型，一般不会这么严重。糖化血红蛋白超过 15，血糖高得测不出来。胰腺好像突然完全停止分泌胰岛素，只有胰腺癌有可能。但是胰腺癌病人不会活那么久，哈钦斯先生看起来也不像癌症。病人转来前，已做了一个腹部 CT，腹部器官没有发现癌症。

2. 病人多饮多尿，究竟是糖尿病所致，还是有尿崩症（Diabetes Insipidus）？ 糖尿病引起多尿，持续一年半，而且每天 4 L 左右尿量，少见。如果是尿崩症，病人血糖为什么这么高？

我决定按照糖尿病治疗。血糖控制以后，如果病人继续多尿多饮，则检查是否有尿崩症。

入院第三天，发现哈钦斯先生右下肢有点轻度水肿。超声波发现，病人有下肢静脉血栓形成。问病人，最近未坐过飞机，在家里也从来坐不住，一天到晚都在活动。自然他也不会服避孕药。这个病人的下肢血栓没有诱因（Unprovoked DVT)。

没有诱因的静脉血栓栓塞，要考虑两个可能：1. 遗传性高凝血状态(Inherited Hypercoagulable state)。2. 癌症。

这个年龄才发生，遗传的可能性不大。而且现在认为，没有必要检查遗传缺陷，因为不管阳性阴性，治疗都是一样。我决定做一个肺部 CT 排除肺癌。病人已经做了腹腔盆腔 CT，阴性。

放射科医生打电话来说，不如顺便检查一下有没有肺动脉栓塞。CT 结果，没有肺癌，但是有严重肺动脉栓塞。一条栓塞横跨肺主动脉和左右肺动脉的分枝处。这是教科书版的骑跨肺动脉栓塞。这种病人往往还没有来得及到医院，就已经死亡。而这个病人，没有一点肺动脉栓塞症状。也许横跨的栓塞不算太大太厚，没有堵塞肺动脉。

不是癌症，不是遗传，又是什么原因？血栓栓塞有三大可能病因：1 血流缓慢；2. 血管内皮损伤；3. 高凝血状态。病人也许是血糖太高，使血液黏稠，血流缓慢。虽然教科书没有这么讲。

不管是下肢静脉栓塞，还是肺动脉栓塞，治疗都是抗凝。开始上抗凝药依诺肝素和华发素。一天后，血小板从 200 多降到 90 多。这个病人又患了肝素诱导的血小板降低（Heparin Induced Thrombocytopenia, HIT)。他体内产生抗体，抗体连接肝素和血小板，引起血小板聚集破坏，从而使血小板降低。因此血小板虽然降低，但是血液凝固，血栓形成的危险性更大。对这个病人来说，就更危险。特别是他的肺动脉骑跨血栓，如果继续扩大，就有生命危险。赶快停止依诺肝素，换上另一个抗凝药璜达肝癸钠（Fondaparinux）。

回头继续治疗糖尿病。胰岛素 30/70 10 U 皮下注射每天两次导致血糖降低到 3~4。停止胰岛素，继续用二甲双胍 500 mg 每天两次。血糖 5~7。与此同时，病人尿量降到每天 1.5 升左右，看来病人没有尿崩症。

这时候，病人和其妻子开始坚持说他没有糖尿病，只是喝含糖的饮料太多了。我不相信，说喝再多，血糖也不应该那么高。我开玩笑道：我还没有看到谁把自己喝成糖尿病的。

过了几天，华发素已发挥作用。我决定让病人出院，继续服用二甲双胍，家庭医生随访，调整剂量。哈钦斯先生抗议，说他没有糖尿病，不需要服用二甲双胍。

我本能地想反驳。转念一想，二甲双胍 500mg 每天两次，剂量不算高。不如干脆停掉，再观察病人几天。观察了几天，病人血糖正常，尿量正常，当然他没有喝那么多含糖的饮料。

哈钦斯先生出院那天，我对他说：你喝饮料，喝出了糖尿病、尿崩症、糖尿病酮症酸中毒、下肢静脉栓塞、肺动脉栓塞，差点把自己的命都喝掉了。我建议你以后只喝白水。

【代后记】

答编辑老愚问

编辑老愚问了一些问题。

我喜欢讲故事，不善于讲理论。喜欢用故事来表达理论，让读者推出他们自己的理论。不过，不是每一个理论都能找到相应的故事。只好凑合，直接回答老愚的问题。

问：从医生角度看，怎样的病人才是好病人？

答：1. 简短而准确地回答医生的问题，不要跑题；2. 遵医嘱；3. 明白自己的病情，期望要现实；4. 信任医生。这大概是最重要的，如果一个病人总是以怀疑的眼光看我，对于我的每一句话都要推敲或者证伪，我大概无法工作。大概就是这些。 我的病人大部分都是好病人，差劲的很少。对病人不要要求太高。有时候病人太啰唆，我打断他们。事后再道歉，他们一般都接受道歉。

问：医生应该是什么脾气？病人应该是什么脾气？

答：首先医生要有好脾气，这是不言而喻的。毕竟医生是主动、救人的一方。1. 要尽力解除病人的痛苦，很多时候虽不能做到，或不能完全做到。2. 开诚布公，不要隐瞒。回答病人／家属问题，不要躲闪，不要以势压人。3. 平等待人。我刚搬进新办公室时，发现办公桌放在中间。我和病人交谈，隔着办公桌，像是在审问病人。我叫人把办公桌靠墙放，这样我和病人可以面对面谈话，更是在同等的位置。4. 幽默。很多时候，一句玩笑，气氛就活跃起来，病人和你的距离就拉近了。

偶尔国外病人告医生，不仅告医疗事故，也告医生行为粗鲁。照卫生局的说法，对医生要求就得高一点。整个社会都是这种哲学，如果是别人有求于你，你对对方有优势，你就得规矩一点。医生和病人有性关系，是医生违法。上司和下级有性关系，上司违法。

至于病人的脾气，不要强求多礼貌多好。不要太在意个别似乎不礼貌的举动。大部分时候，病人看起来不礼貌的举动，是因为他们太担心、太焦虑，或者太紧张。

问：国内读者很想知道正常的医患关系是什么样的？

答：国内医患关系紧张，反映了整个社会人际关系的紧张状况。医生与患者是彼此打交道最多的两组群体，一点错误就可能造成严重的后果。双方都靠对方生存，而又如此不相信对方。想想在那种环境里工作，我就偏头痛。

国外相对正常得多，当然并不总是那么和谐，不然医生就不会交那么多保险费保护自己，也不会对医疗官司谈虎色变。国外医患关系相对正常，有几个原因：

1. 在国外，只要打人，都是犯法。不需要什么专门的医闹法。没有人敢随便打人，少有医闹，特别是少有那种恶劣的医闹。

2. 有众多的律师，随时准备为病人上法庭，掏空医生的钱包。对于自认为受到错误治疗的病人/家属，这是最好的寻求公正、寻求赔偿的途径。医闹得不偿失。

3. 国外的医生或者拿工资，或者收门诊费、手术操作费。收入与开的药、开的检查不挂钩，不存在这方面的利益冲突。病人对医生，基本上没有信任问题。

4. 医生训练，注重交流。

5. 文明的大环境。

问：如何保障做病人的尊严及做医生的尊严？

答： 尊重别人也是尊重自己。尊重他人的人格尊严，这是整个社会的原则，不仅仅是病人医生之间。

病人的尊严： 1. 病人有自主权。病人有权利决定接受还是不接受什么治疗。这是西方医疗伦理最重要的原则。2. 病人有隐私权。未经许可，不得将病人的信息传播。不是病人的医生护士，不得查有关病人的信息。 3. 不得伤害病人。这是希波克拉底原则。

至于医生的尊严。医生在国外受人尊敬，地位高，少有这方面的讨论。很多时候，医生即使受了委屈，也不愿意公之于众。在美国，医生吃官司的可能性大，所以他们总是小心翼翼。太小心造成不必要的检查治疗，反而降低了治疗质量。加拿大人不那么爱打官司，医生的自由度大一些，担心小一些。好处是医生能够更多地从专业角度出发，选择什么是对病人最好的治疗。 缺点是医生也可能玩忽职守。

问：医生应对死亡抱怎样的态度？

答：只能谈谈我对病人死亡的态度。能够抢救的，尽力抢救。没有希望存活的，或者生存但没有价值的，与家属商量。如果他们同意，则停止治疗，让病人平静离去。